*Sept condamnés
doivent percer le mystère d'une prison lunaire*

SEPT
PRISONNIERS

Scénario
MATHIEU GABELLA

Dessin
PATRICK TANDIANG

Couleur
YVES LENCOT

DELCOURT

Merci à Patrick et Yves pour leur dévouement sur ce projet, et jusqu'au bout !
Merci à Stéphane, Captain « J'adore les bulles et les auteurs » Fab, sans qui...
Et bien sûr, merci à David, pour m'avoir offert l'occasion de faire joujou dans l'univers de la science-fiction, et surtout d'avoir pu participer à une aussi belle collection !

M. G.

Merci à David pour son travail sur le suivi du livre.
Merci à Mathieu et à toutes les personnes qui se sont investies dans la conception et la réalisation de cet album.

Je dédie ce livre à la mémoire de Yannick qui fut un grand Artiste, on ne t'oubliera pas.

P. T.

Du même scénariste, chez le même éditeur :
• Idoles (trois volumes) - dessin de Emem
• La Licorne (deux volumes) - dessin de Jean

Aux Éditions Bamboo :
• James Boon 07 (deux volumes) - dessin d'Audibert

Aux Éditions Petit à Petit :
• La Chute (un volume) - dessin de Poulos
• La Guerre des Boutons (deux volumes) - d'après Louis Pergaud, dessin de Vernay
• Les Mesures du Temps - dessin d'Audibert
• Northmen (un volume) - dessin de Murzeau

Du même dessinateur, chez Soleil :
• Le Matin des suaires brûlés (quatre volumes et édition intégrale) - scénario de Lukinburg
• L'Odyssée de Japper Black (un volume) - scénario de Solon

7
Collection dirigée par David Chauvel.

La première édition de cet ouvrage bénéficie, en couverture, d'un vernis sélectif brillant sur fond mat.

Dépôt légal : février 2009. I.S.B.N. : 978-2-7560-0471-6

Lettrage : Christophe Semal
Conception graphique : Trait pour Trait

Achevé d'imprimer en mars 2009
sur les presses de l'imprimerie Lesaffre, à Tournai, Belgique

www.editions-delcourt.fr

IL PARAÎT QUE L'ENFER EST SOUS TERRE...
MES YEUX CHERCHENT UN INDICE, UNE TRACE. QUELQUE CHOSE QUI ANNONCE LE PRÉCIPICE...
... LA FOSSE FLAM-BOYANTE DANS LAQUELLE JE VAIS ÊTRE JETÉ...
RIEN. ET POURTANT J'AI PEUR.
CAR C'EST LÀ-BAS QUE JE VAIS... EN ENFER...
POUR L'INSTANT IL N'Y A QUE NOUS, PAUVRES PÊCHEURS, ET CET ASCENSEUR.
UN DES PLUS GROS DISPOSITIFS HYDRAULIQUES DE LA PLANÈTE, CAPABLE DE TRAVERSER TOUTE LA COUCHE ATMOSPHÉRIQUE EN UNE PETITE JOURNÉE.
UN ASCENSEUR POUR L'ESPACE. UN ÉLÉVATEUR.

L'ÉLÉVATEUR EST BIEN MOINS CHER QU'UNE FUSÉE : BEAUCOUP MOINS DE CARBURANT CONSOMMÉ.
CHAQUE CABINE FAIT CONTREPOIDS AVEC UNE AUTRE. BIEN SÛR, ELLES SONT TOUJOURS VIDES QUAND ELLES REDESCENDENT...
TOUT EST À L'ÉCONOMIE, ICI. LE TRANSPORT DES ÂMES DAMNÉES NE COÛTE QU'UNE PIÈCE, C'EST BIEN CONNU.
NOUS ARRIVONS AU BOUT DU CÂBLE, À LA STATION ORBITALE.

TRANSFERT VERS LE VAISSEAU DE CONVOI. NOUS ALLONS ENTAMER LE DERNIER VOYAGE...
LES VAISSEAUX D'AUJOURD'HUI ONT DES RÉACTEURS À FUSION. MAIS PAS CELUI-CI : IL A DES VIEUX MOTEURS À POUDRE...
LA TECHNOLOGIE DERNIER CRI N'EST PAS UTILE POUR ALLER SUR LA LUNE...
LA LUNE... NOTRE DESTINATION FINALE. DANTE ET TOUS LES AUTRES S'ÉTAIENT DONC TROMPÉS : LE ROYAUME D'HADÈS N'EST PAS UN TROU SANS FOND...
C'EST UNE PRISON DONT ON NE REVIENT JAMAIS. UNE PRISON CONSTRUITE SUR LE SEUL SATELLITE DE LA TERRE...
ET PENDANT QUE LA TERREUR ME RETOURNE LES ENTRAILLES, LA VÉRITÉ M'APPARAÎT ENFIN, NUE, SI SIMPLE... EN L'AN 2062, ON NE "DESCEND" PAS AUX ENFERS. ON Y MONTE.
3

BONJOUR, DOCTEUR LABBÉ...
ON... ON SE CONNAÎT ?
MOI, JE VOUS CONNAIS. JE M'APPELLE ANDRÉ DELAGE.
SUIVEZ-MOI. ON VOUS CHERCHE DEPUIS LE DÉPART.
HEIN ?! "ON" ME CHERCHE ? POURQUOI ?!
QUELQU'UN A UNE PROPOSITION À VOUS FAIRE.
QUOI ?...
MAIS...
VOUS !!?
4

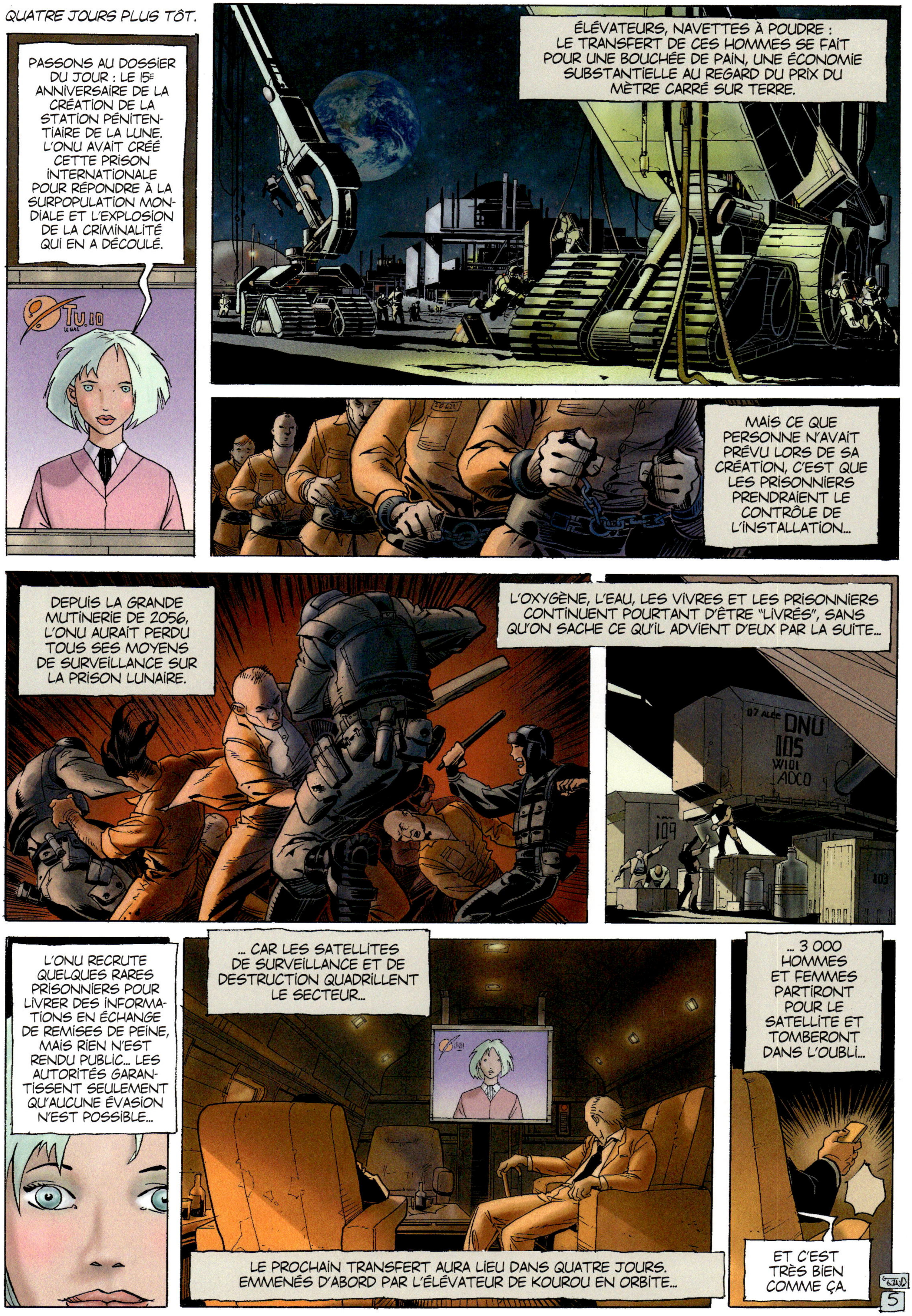
QUATRE JOURS PLUS TÔT.
PASSONS AU DOSSIER DU JOUR : LE 15E ANNIVERSAIRE DE LA CRÉATION DE LA STATION PÉNITENTIAIRE DE LA LUNE. L'ONU AVAIT CRÉÉ CETTE PRISON INTERNATIONALE POUR RÉPONDRE À LA SURPOPULATION MONDIALE ET L'EXPLOSION DE LA CRIMINALITÉ QUI EN A DÉCOULÉ.
ÉLÉVATEURS, NAVETTES À POUDRE : LE TRANSFERT DE CES HOMMES SE FAIT POUR UNE BOUCHÉE DE PAIN, UNE ÉCONOMIE SUBSTANTIELLE AU REGARD DU PRIX DU MÈTRE CARRÉ SUR TERRE.
MAIS CE QUE PERSONNE N'AVAIT PRÉVU LORS DE SA CRÉATION, C'EST QUE LES PRISONNIERS PRENDRAIENT LE CONTRÔLE DE L'INSTALLATION...
DEPUIS LA GRANDE MUTINERIE DE 2056, L'ONU AURAIT PERDU TOUS SES MOYENS DE SURVEILLANCE SUR LA PRISON LUNAIRE.
L'OXYGÈNE, L'EAU, LES VIVRES ET LES PRISONNIERS CONTINUENT POURTANT D'ÊTRE "LIVRÉS", SANS QU'ON SACHE CE QU'IL ADVIENT D'EUX PAR LA SUITE...
ONU
L'ONU RECRUTE QUELQUES RARES PRISONNIERS POUR LIVRER DES INFORMATIONS EN ÉCHANGE DE REMISES DE PEINE, MAIS RIEN N'EST RENDU PUBLIC... LES AUTORITÉS GARANTISSENT SEULEMENT QU'AUCUNE ÉVASION N'EST POSSIBLE...
... CAR LES SATELLITES DE SURVEILLANCE ET DE DESTRUCTION QUADRILLENT LE SECTEUR...
LE PROCHAIN TRANSFERT AURA LIEU DANS QUATRE JOURS. EMMENÉS D'ABORD PAR L'ÉLÉVATEUR DE KOUROU EN ORBITE...
... 3 000 HOMMES ET FEMMES PARTIRONT POUR LE SATELLITE ET TOMBERONT DANS L'OUBLI...
ET C'EST TRÈS BIEN COMME ÇA.
5

AUCUNE INFORMATION N'A FILTRÉ. PERSONNE NE SAIT RIEN. ET DANS UNE SEMAINE L'ULTIMATUM DES PRISONNIERS ARRIVERA À TERME... LES SERVICES DE L'ONU ONT BIEN ÉTOUFFÉ L'AFFAIRE...
ET ILS VONT LA LAISSER POURRIR.
FORTUNE
HISTOIRE D'UN GRAND
EXCLUSIF LAROCHE GALOUSEAU.
GLOI
MAGAZIN
LAROCHE GALOUS HISTOIRE D'UNE REUSS
RACHAT DE SPATIOBAT LE N°1 DE LA CONSTRUCTION EUROP
EN DEHORS DE L'ONU, NOUS SOMMES DONC LES SEULS À SAVOIR CE QUE LES PRISONNIERS DE LA LUNE ONT TROUVÉ...
L'HUMANITÉ VA PASSER À CÔTÉ D'UNE DES PLUS GRANDES DÉCOUVERTES DE SON HISTOIRE. TANT PIS POUR ELLE. TANT MIEUX POUR MOI.
MAIS VOTRE PLAN EST SUICIDAIRE ! SE FAIRE CONDAMNER POUR ALLER LÀ-HAUT EST INSENSÉ, ET L'ÉVASION... IMPOSSIBLE !
LA CONDAMNATION EST LA SEULE SOLUTION POUR Y ALLER, STANTON. QUANT À L'ÉVASION, ELLE DEMANDE DES COMPÉTENCES, CERTES, MAIS LA PRISON REGORGE DE GENS COMPÉTENTS. IL SUFFIT DE LES TROUVER.
ET GRÂCE À VOUS, NOUS AVONS PU DÉNICHER TOUTES NOS RECRUES DANS LE PROCHAIN CONVOI.
FICHIER-PRISON ONU
NOUS ARRIVONS, MONSIEUR.
TRÈS BIEN, CHARLES.

MERCI ENCORE, STANTON.
VOUS AVEZ TRAHI L'ONU POUR PROFITER DU PEU QU'IL VOUS RESTE À VIVRE...
VALENTIN LAROCHE RACHETE
SPATIO
... ALORS BONNE PHASE TERMINALE AVEC MADEMOISELLE !
LE TRANSFERT EST DANS QUATRE JOURS ! COMMENT COMPTEZ-VOUS VOUS RETROUVER PRISONNIER AUSSI VITE ?
COMPARUTION EXPRESS TYPE 3. POUR MEURTRE À CARACTÈRE AGGRAVÉ... L'ACTION DU GROUPE EN PRENDRA UN COUP, MAIS JE M'EN FOUS !
MAIS NON, STANTON, CE N'EST PAS VOUS QUE JE VAIS TUER !! LA MALADIE S'EN CHARGERA, RASSUREZ-VOUS !
NON, TANT QU'À TUER QUELQU'UN POUR ALLER EN PRISON, AUTANT SE FAIRE PLAISIR...
C'EST POUR MON PROCHAIN RENDEZ-VOUS, FIGUREZ-VOUS...
ALLEZ, STANTON... "ENJOY" !
CHARLES, DÉPOSEZ-MOI CHEZ MA MÈRE, VOULEZ-VOUS ?

BIENVENUE PARMI NOUS, DOCTEUR LABBÉ !
JE NE PENSAIS PAS CROISER QUELQU'UN D'AUSSI CONNU QUE VOUS ICI, MONSIEUR LAROCHE GALOUSEAU.
ALLONS, APPELEZ-MOI "LG", TOUT SIMPLEMENT...
MAIS CE DONT J'AI ENTENDU PARLER... CE MEURTRE... ALORS C'EST VRAI... VOUS... VOUS AVEZ TUÉ VOTRE MÈRE ?
BAH, UNE VIEILLE CHOSE FRAGILE... IL FALLAIT BIEN LUI RENDRE CE SERVICE !
BON ! NOUS SOMMES TOUS LÀ, ALORS ALLONS-Y !
CHACUN DE VOUS A ÉTÉ CONDAMNÉ POUR DES RAISONS... QUI NE ME CONCERNENT PAS. PAR CONTRE, MOI, JE SUIS ICI POUR MENER À BIEN UNE MISSION.
J'AI EU ACCÈS À VOS DONNÉES, ET JE SAIS QUE VOUS POUVEZ M'AIDER À ATTEINDRE MON OBJECTIF. SI VOUS LE FAITES, J'AI LES MOYENS DE VOUS FAIRE TOUS REVENIR SUR TERRE, ET D'Y RESTER... LIBRES, ET RICHES.
CETTE MISSION EST SIMPLE : DES PRISONNIERS ONT TROUVÉ UNE GROTTE PRÉHISTORIQUE SUR LA LUNE. NOUS ALLONS ÉTUDIER CETTE GROTTE, PUIS RENTRER CHEZ NOUS...
UNE GROTTE... "PRÉHISTORIQUE" ?! SUR LA LUNE ?!! VOUS ÊTES SÛR DE CE QUE VOUS AVANCEZ ?...
C'EST COMME ÇA QUE LES PRISONNIERS DÉCRIVENT LEUR DÉCOUVERTE. L'INFO M'EST PARVENUE IL Y A DEUX SEMAINES.
MAIS ALORS... VOUS AVEZ TUÉ VOTRE MÈRE... POUR VENIR VOIR CETTE GROTTE ?!
À PEINE CROYABLE, HEIN... ET POURTANT, OUI !! DELAGE, EXPLIQUEZ-LEUR.

JE SUIS PALÉONTOLOGUE, ET MONSIEUR LAROCHE GALOUSEAU A FINANCÉ UNE GRANDE PARTIE DE MES TRAVAUX. OR, CEUX-CI SONT... EN MARGE DE LA SCIENCE OFFICIELLE. EN FAIT, JE PENSE SAVOIR QUI HABITE CETTE GROTTE...
SI NOUS ALLONS LÀ-BAS, J'AURAI DES PREUVES CONCRÈTES DE LEUR IDENTITÉ. ET CROYEZ-MOI... LES RETOMBÉES SERONT EXTRAORDINAIRES !
LES PRISONNIERS MENACENT L'ONU DE DÉTRUIRE LA GROTTE S'ILS NE SONT PAS LIBÉRÉS...
ET L'ONU LAISSERA FAIRE... PAS MOI !! CONTRAIREMENT À VOUS, MOI-MÊME ET DELAGE AVONS TOUT FAIT POUR ATTERRIR ICI VOLONTAIREMENT ! NOUS AVONS TUÉ POUR ÇA !
C'ÉTAIT LE SEUL TICKET POSSIBLE. "DÉPART IMMÉDIAT".
ON M'A AIDÉ À PERCER LA BASE DE DONNÉES DE L'ONU. J'AI DONC PU FOUILLER LE FICHIER DES DÉTENUS TRANSFÉRÉS, VOIR LEURS COMPÉTENCES... ET VOUS RÉUNIR !
ATANABE SERA NOTRE CONTACT DANS LA "JUNGLE LUNAIRE".
NOTRE PILOTE ÉMÉRITE, LINDA LALUMIÈRE, ÇA NE S'INVENTE PAS...
... ET EDWARD ROONEY, UN MÉCANO FORMIDABLE. ILS NOUS FERONT REVENIR SUR TERRE.
AVEC RIGUEUR, ET PRÉCISION !
ET VOUS, LABBÉ, AVEC DELAGE, VOUS SEREZ LE POOL SCIENTIFIQUE DE L'ÉQUIPE !! VOTRE RÔLE VOUS SERA BIENTÔT EXPLIQUÉ.
ALLEZ, LABBÉ. "ENJOY" !!
VOUS AUSSI, DELAGE, VOUS AVEZ TUÉ POUR VENIR ICI ?
DÈS QUE LAROCHE GALOUSEAU M'A APPELÉ, J'AI SU CE QU'ON TROUVERAIT... ALORS J'AI... J'AI TUÉ UN ÉTUDIANT AVEC UNE HACHE À SILEX...
C'EST CE QUE J'AVAIS SOUS LA MAIN. ET PUIS ÇA, AU MOINS...
... JE SAIS COMMENT ON S'EN SERT.
9

NOUS SOMMES ARRIVÉS. VOUS ALLEZ ÊTRE TRANSFÉRÉS...
ALLEZ VOUS INSTALLER DANS LES CONTAINERS.
PAS DE MOUVEMENTS DE FOULE, SINON ON ASSOMME TOUT LE MONDE AU GAZ PARALYSANT !
ALLEZ...
ZIIIP
VITE !!

ALORS C'EST LUI, LAROCHE GALOUSEAU... TU SAIS CE QU'IL PRÉPARE ?
AUCUNE IDÉE. TOUT CE QUE JE SAIS, C'EST QUE PERSONNE S'ÉVADE DE LA LUNE. ALORS PRENDS LE POGNON, COMME MOI. ILS REVIENDRONT PAS.
LA CORRUPTION A SES LIMITES, ET L'ULTIMATUM DES PRISONNIERS ÉTAIT COURT, SINON JE NE SERAIS PAS OBLIGÉ D'ÊTRE LÀ...
JE N'AI PU SOUDOYER QUE LE PETIT PERSONNEL, MAIS ÇA SUFFIT POUR PLANQUER QUELQUES GADGETS DANS UN CAISSON.
OXYGÈNE 014
DES COMBINAISONS D'UNITÉS D'INTERVENTION TOUT-TERRAIN. PROTECTIONS, ARMES, COMMUNICATIONS, ELLES SONT TRÈS COMPLÈTES...
LA FAIBLE GRAVITÉ EST TRÈS DÉSTABILISANTE : À L'ALUNISSAGE, CETTE LIGNE DE VIE NOUS GUIDERA JUSQU'À LA PRISON.
POURQUOI PRENEZ-VOUS CETTE COMBINAISON-LÀ, PARMI TOUTES LES AUTRES ? ELLE A QUELQUE CHOSE DE SPÉCIAL ?
QUELQUES SUPPLÉMENTS, MAIS RIEN QUI NE DOIVE VOUS EFFRAYER.
11

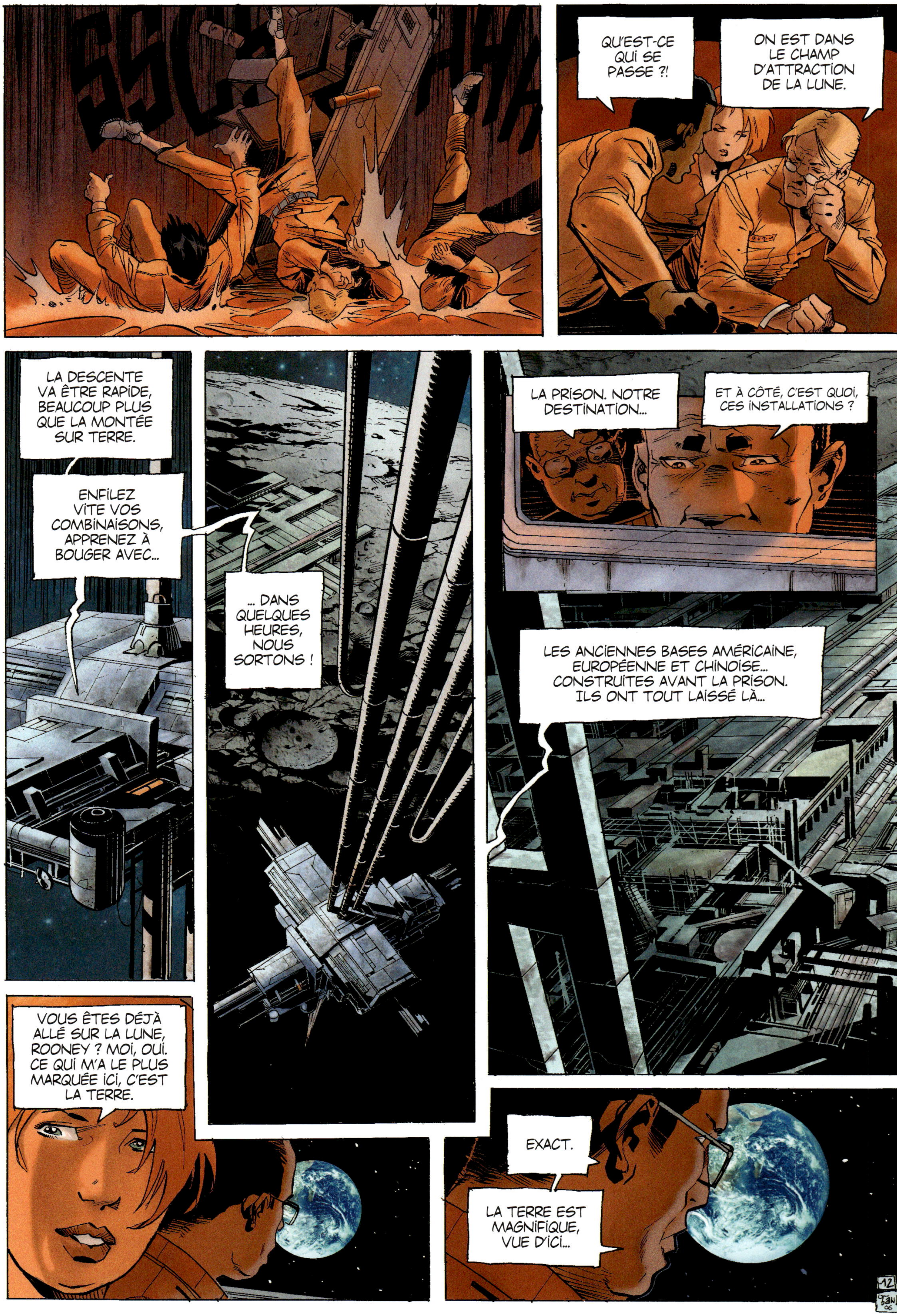
QU'EST-CE QUI SE PASSE ?!
ON EST DANS LE CHAMP D'ATTRACTION DE LA LUNE.
LA DESCENTE VA ÊTRE RAPIDE, BEAUCOUP PLUS QUE LA MONTÉE SUR TERRE.
ENFILEZ VITE VOS COMBINAISONS, APPRENEZ À BOUGER AVEC...
... DANS QUELQUES HEURES, NOUS SORTONS !
LA PRISON. NOTRE DESTINATION...
ET À CÔTÉ, C'EST QUOI, CES INSTALLATIONS ?
LES ANCIENNES BASES AMÉRICAINE, EUROPÉENNE ET CHINOISE... CONSTRUITES AVANT LA PRISON. ILS ONT TOUT LAISSÉ LÀ...
VOUS ÊTES DÉJÀ ALLÉ SUR LA LUNE, ROONEY ? MOI, OUI. CE QUI M'A LE PLUS MARQUÉE ICI, C'EST LA TERRE.
EXACT.
LA TERRE EST MAGNIFIQUE, VUE D'ICI...
12

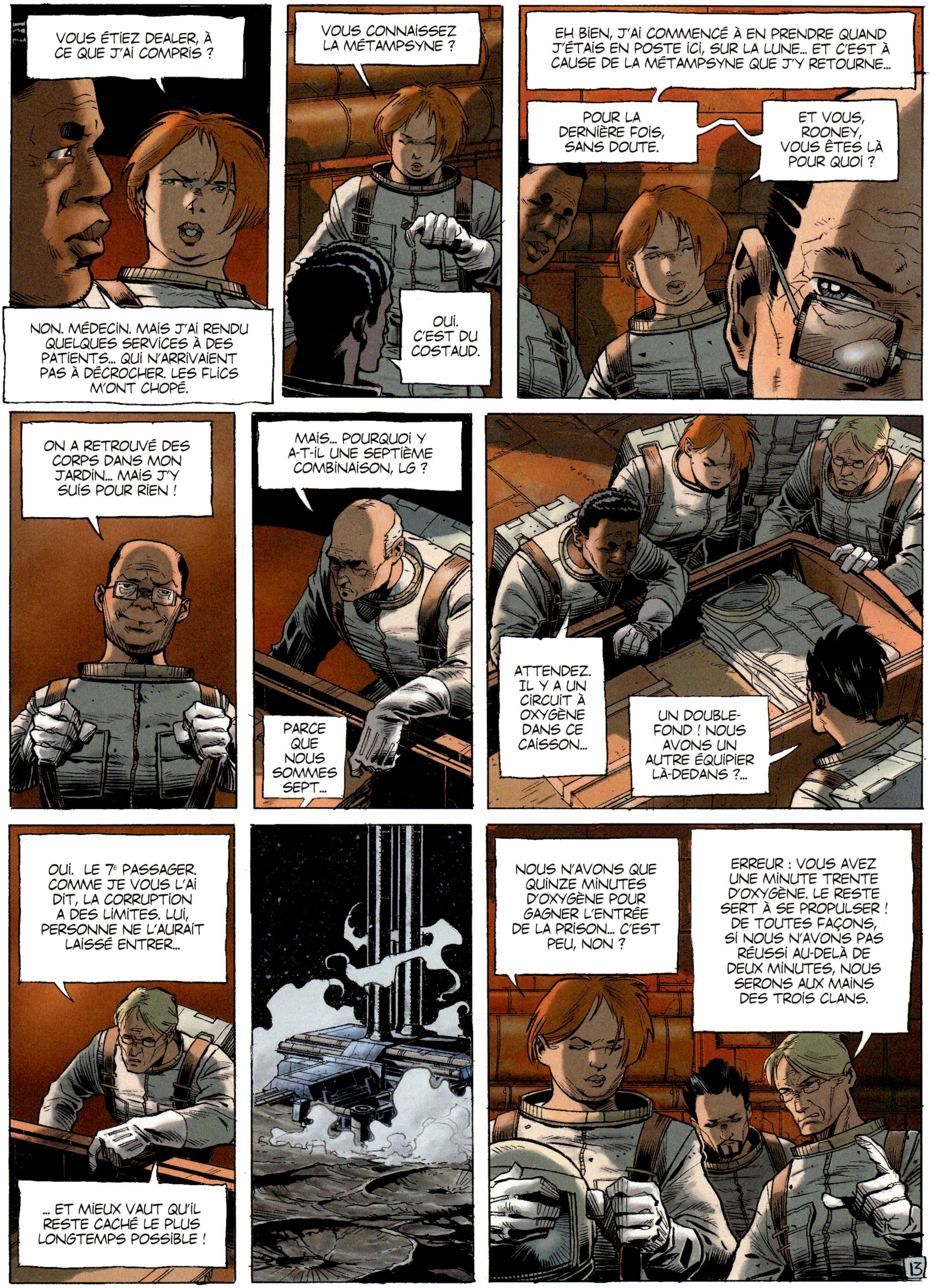
VOUS ÉTIEZ DEALER, À CE QUE J'AI COMPRIS ?
NON. MÉDECIN. MAIS J'AI RENDU QUELQUES SERVICES À DES PATIENTS... QUI N'ARRIVAIENT PAS À DÉCROCHER. LES FLICS M'ONT CHOPÉ.
VOUS CONNAISSEZ LA MÉTAMPSYNE ?
OUI. C'EST DU COSTAUD.
EH BIEN, J'AI COMMENCÉ À EN PRENDRE QUAND J'ÉTAIS EN POSTE ICI, SUR LA LUNE... ET C'EST À CAUSE DE LA MÉTAMPSYNE QUE J'Y RETOURNE...
POUR LA DERNIÈRE FOIS, SANS DOUTE.
ET VOUS, ROONEY, VOUS ÊTES LÀ POUR QUOI ?
ON A RETROUVÉ DES CORPS DANS MON JARDIN... MAIS J'Y SUIS POUR RIEN !
MAIS... POURQUOI Y A-T-IL UNE SEPTIÈME COMBINAISON, LG ?
PARCE QUE NOUS SOMMES SEPT...
ATTENDEZ. IL Y A UN CIRCUIT À OXYGÈNE DANS CE CAISSON...
UN DOUBLE-FOND ! NOUS AVONS UN AUTRE ÉQUIPIER LÀ-DEDANS ?...
OUI. LE 7E PASSAGER. COMME JE VOUS L'AI DIT, LA CORRUPTION A DES LIMITES. LUI, PERSONNE NE L'AURAIT LAISSÉ ENTRER...
... ET MIEUX VAUT QU'IL RESTE CACHÉ LE PLUS LONGTEMPS POSSIBLE !
NOUS N'AVONS QUE QUINZE MINUTES D'OXYGÈNE POUR GAGNER L'ENTRÉE DE LA PRISON... C'EST PEU, NON ?
ERREUR : VOUS AVEZ UNE MINUTE TRENTE D'OXYGÈNE. LE RESTE SERT À SE PROPULSER ! DE TOUTES FAÇONS, SI NOUS N'AVONS PAS RÉUSSI AU-DELÀ DE DEUX MINUTES, NOUS SERONS AUX MAINS DES TROIS CLANS.
13

CHERS NOUVEAUX PENSIONNAIRES !
VOUS DEVREZ ATTEINDRE LE SAS D'ENTRÉE DE LA PRISON EN COMBI-BALLON...
CE MERVEILLEUX REVÊTEMENT VOUS LAISSE QUELQUES MINUTES D'AUTONOMIE EN OXYGÈNE, ET RÉDUIT L'EFFET DES RAYONS COSMIQUES À UNE BRÛLURE DU DEUXIÈME DEGRÉ !
L'ADMINISTRATION PÉNITENTIAIRE DE LA LUNE VOUS SOUHAITE BONNE CHANCE À TOUS !
ILS VONT PAS AVOIR L'AIR CON, LÀ-DEDANS...
C'EST PARTI !
5311
14

LES NUMÉROS GAGNANTS SONT...
... LE 173, LE 15, LE 354...
ET LE... !!?
AH, NOS TRICHEURS ONT SORTI LEUR GRAPPIN...
15

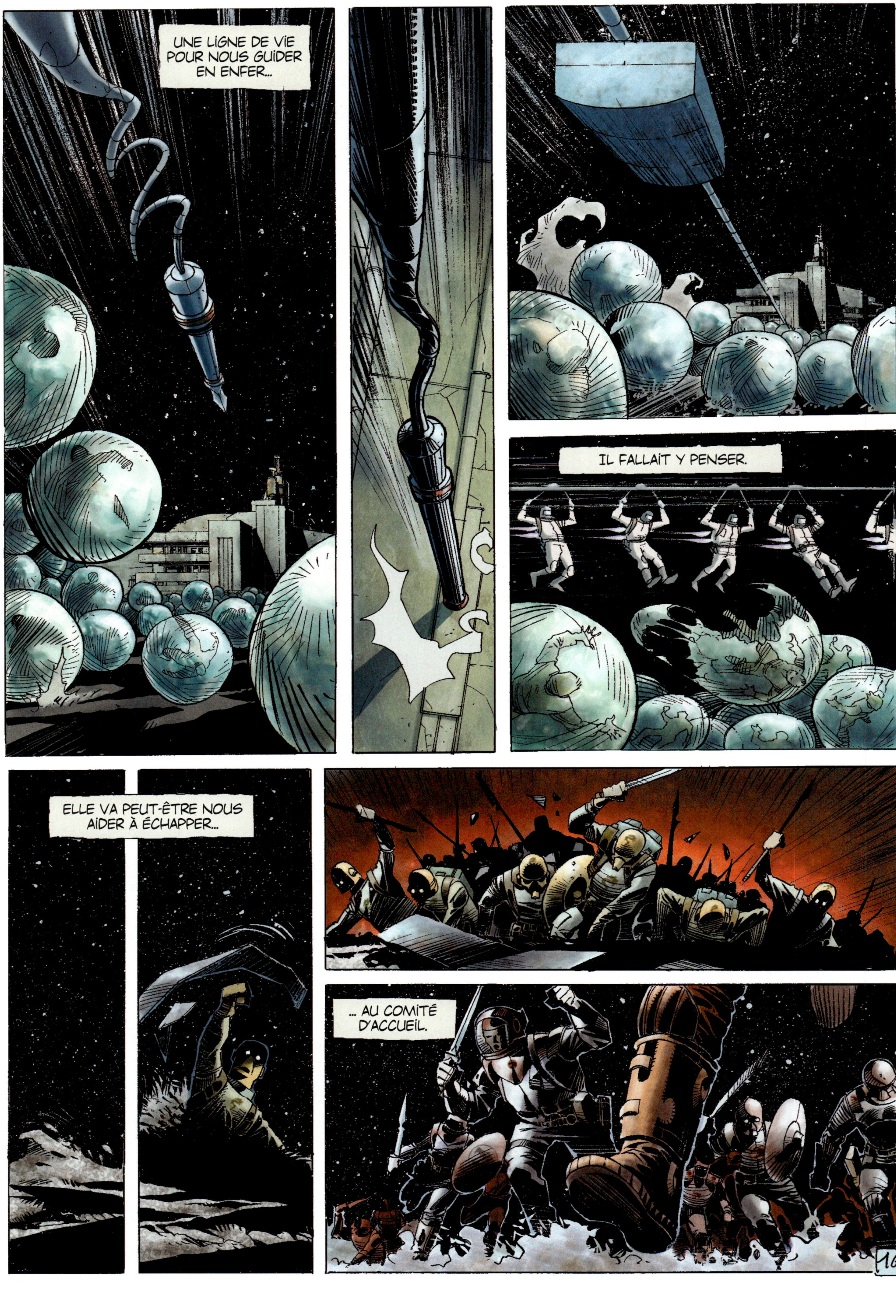
UNE LIGNE DE VIE POUR NOUS GUIDER EN ENFER...
IL FALLAIT Y PENSER.
ELLE VA PEUT-ÊTRE NOUS AIDER À ÉCHAPPER...
... AU COMITÉ D'ACCUEIL.
16

LES TROIS CLANS...
NOM DE DIEU ! ALORS C'EST VRAI ?! C'EST ÇA LES TROIS CLANS ?!!!
CONCENTREZ-VOUS SUR LA TENUE DE LA LIGNE ! FONCEZ, ALLEZ !! PLUS VITE !!!
MERDE ! ON EST REPÉRÉS !!
17

OH NON...
RAAAAAH MERDEEE !!!
DÉGAGEZ-MOI !
ÇA ARRIVE ! ÇA ARRIVE !
NOOOON !!
CRÈÈÈVE !!!

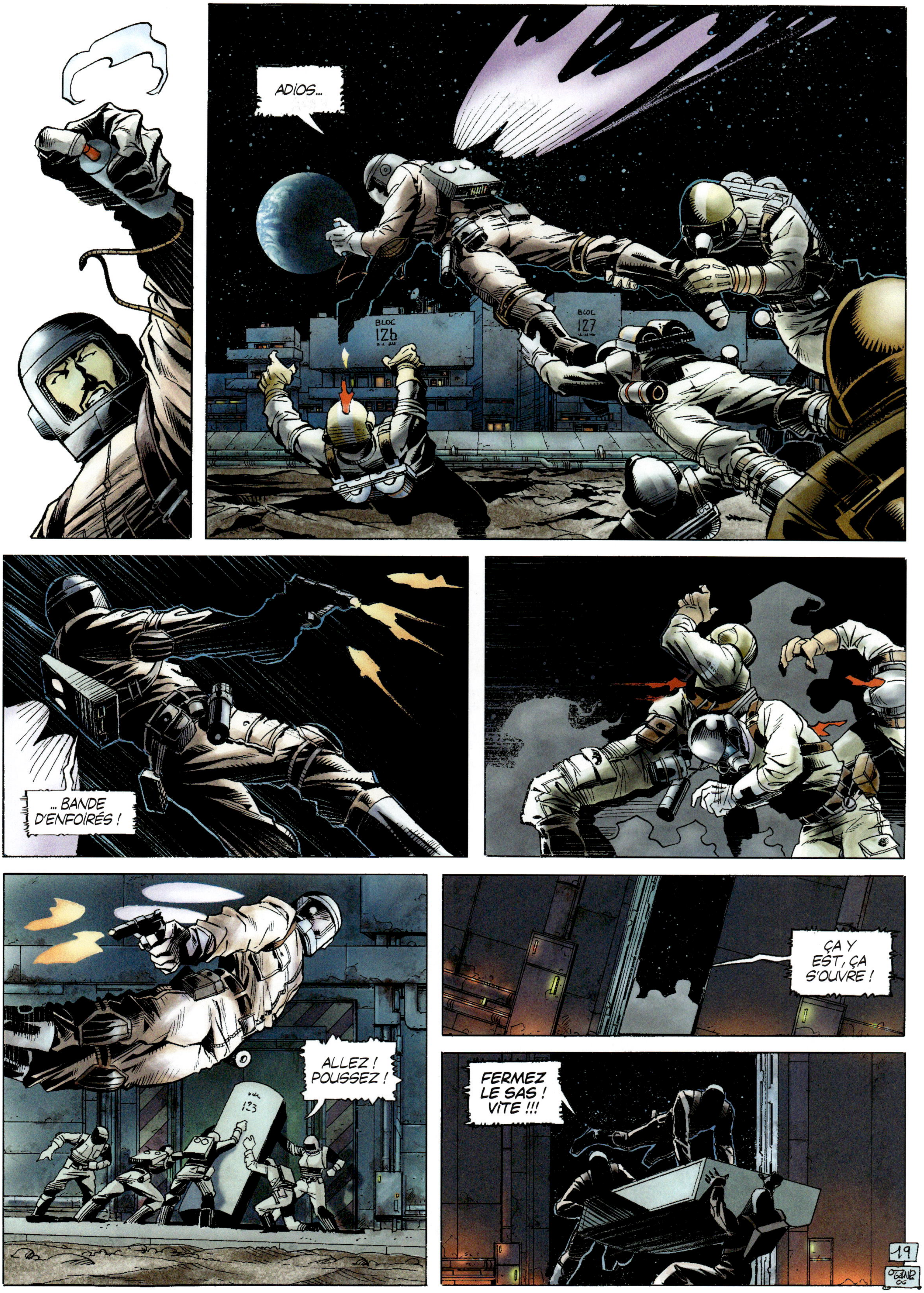
ADIOS...
BLOC 126
BLOC 127
... BANDE D'ENFOIRÉS !
ÇA Y EST, ÇA S'OUVRE !
ALLEZ ! POUSSEZ !
FERMEZ LE SAS ! VITE !!!
19

J'AVAIS ENTENDU PARLER DES TROIS ARMÉES DE PRISONNIERS. JE NE PENSAIS PAS QUE C'ÉTAIT VRAI...
SI, CE SONT EUX. LES TROIS CLANS DE LA PRISON.
L'APPROVISIONNEMENT DE L'ONU EST TROP FAIBLE, ET LA PRISON EST SURPEUPLÉE. LES PRISONNIERS SONT OBLIGÉS DE SE BATTRE POUR MANGER.
ILS SE SONT REGROUPÉS PAR ETHNIES... LES BLANCS, LES NOIRS, LES ASIATES.
ET À CHAQUE ALUNISSAGE, ILS VIENNENT RAFLER LES NOUVEAUX VENUS.
POUR GROSSIR LEURS RANGS ?
ILS TRIENT D'ABORD LEURS PRISES...
PUIS GARDENT LES GARS QUI APPARTIENNENT À LEUR RACE...
ET ILS... "UTILISENT" LES AUTRES.
ÇA Y EST, LA DEUXIÈME PORTE DU SAS S'OUVRE... NOUS Y VOILÀ ENFIN...
PRÉPAREZ-VOUS À ÊTRE UN PEU SURPRIS...
20

UNE... UNE FORÊT, ICI ?!!
LES PLANTES SONT LE MEILLEUR SYSTÈME DE RECYCLAGE DE L'OXYGÈNE, ON A DONC INSTALLÉ DES SERRES...
... MÊME S'IL FAUT QUELQUES BONBONNES EN APPOINT.
LES PRISONNIERS ONT SIMPLEMENT LAISSÉ LES PLANTES ENVAHIR LA PRISON !
J'AI UN MAL DE CRÂNE INSOUTENABLE, JE CROIS QUE JE VAIS M'EFFONDRER !
PLUS D'OXYGÈNE !
MAIS...
... ÇA PUE ! QUELLE INFECTION !! C'EST MONSTRUEUX !!!
LA VACHE, ON DIRAIT UN CHARNIER !
J'AI PEUR QUE VOUS SOYEZ TOMBÉ JUSTE, ROONEY...
... ET LA VÉGÉTATION NE RECYCLE PAS LES ODEURS.
21

LES TROIS GANGS ONT LEURS TERRITOIRES, ET LEURS SAS RÉSERVÉS... ILS NE TRANSITENT PAS PAR CETTE PORTE. MAIS IL NE FAUT PAS RESTER LÀ...
C'EST TROP LOURD... IL VA FALLOIR LE TRAÎNER LONGTEMPS, NOTRE SEPTIÈME CAMARADE ?
ALLEZ, PAPY, ICI ON PÈSE HUIT FOIS MOINS QUE SUR TERRE. VOUS ÊTES SUPERMAN, SUR CE GROS CAILLOU. ALORS ON TIRE.
OXYGÈNE
BIEN, LE VOYAGE PRENDRA DEUX HEURES. NE TRAÎNONS PAS : L'ULTIMATUM EXPIRE BIENTÔT...
VOUS FAITES VRAIMENT TOUT ÇA POUR UNE... "CAVERNE" ?
SI SEULEMENT VOUS SAVIEZ DE QUOI VOUS PARLEZ...
FAITES-LUI CONFIANCE. IL SAIT CE QU'IL FAIT !
FACILE À DIRE, DELAGE, C'EST VOUS QUI LE CONNAISSEZ ! MAIS BON... J'IMAGINE QUE S'IL EST VENU ICI LUI-MÊME, C'EST QU'IL EST SÛR QUE SON "OPÉRATION" MARCHERA...
STOP !
NOUS Y VOILÀ.
QU'EST-CE QUE C'EST QUE CETTE HORREUR ?...
UN REPÈRE. COMME JE L'AI DIT, ILS SE SONT INSTINCTIVEMENT REGROUPÉS EN ETHNIES : NOIRS, BLANCS, ASIATIQUES... ET TOUS MARQUENT LEURS TERRITOIRES. NOUS SOMMES CHEZ LES JAUNES.
C'EST AVEC EUX QUE NOUS ALLONS TRAITER. CEUX AVEC QUI VOUS ALLEZ NÉGOCIER, ATANABE...
QUOI ?!
VOUS CONNAISSEZ LES YAKUSAS ET LES TRIADES, JE CROIS ?
EUH... OUI...
22

MERDE !
IL Y A DU MOUVEMENT AUTOUR DE N...!!!?
!!
BAW
TCHAC
TCHAC
PPAW
BAW
DR LABBÉ, JE...
... JE VOUS PRIERAIS DE BIEN VOULOIR SORTIR LA TROUSSE DE SOINS ET DE ME FAIRE UNE INJECTION MASSIVE D'ANTIDOULEUR...
... AVANT DE NETTOYER TOUT ÇA.
23

DES BLANCS... JE ME DEMANDE CE QU'ILS FONT SUR LE TERRITOIRE DES ASIATIQUES...
UNE PETITE INCURSION, SANS DOUTE !
NOUS AVONS DÛ GÊNER LEUR REPAS. ILS FONT CUIRE LEUR VIANDE DANS DES SUCS DE PLANTES ACIDES. INGÉNIEUX !
MAIS... MAIS ILS SE BOUFFENT ENTRE EUX !!?
VOUS NE L'AVIEZ PAS DEVINÉ ? LEUR SURVIE EST À CE PRIX !!
AH ! ET VOILÀ LE RÔTI...
LES VIVRES ENVOYÉS ICI NE SUFFISENT CLAIREMENT PAS. L'ANTHROPOPHAGIE RÈGLE LE PROBLÈME DE LA NOURRITURE... ET DE LA SURPOPULATION !
TOUT ÇA, C'EST DU MATOS PIQUÉ DANS LES BASES LUNAIRES ABANDONNÉES. ELLES SONT PAS LOIN. ET ILS PEUVENT SORTIR.
VOUS AVEZ RAISON. ILS ONT RETROUVÉ DES PROCÉDÉS TOUT À FAIT ORIGINAUX, ET LES ONT MÊLÉS À CE MATÉRIEL DE RÉCUPÉRATION...
À... À L'ÉVIDENCE... NOUS SOMMES PLUS VULNÉRABLES QUE JE NE LE PENSAIS. DÉLESTONS-NOUS DE NOTRE 7E CAMARADE, ET METTONS-LE À L'ABRI.
MAIS D'ABORD, JE VAIS VOUS LE PRÉSENTER...
BIP
CLAC
24

MAIS... C'EST QUOI CE MEC ?! ET SA PEAU ?!
C'EST UN ORGANISME À BUT EXPÉRIMENTAL...
VOUS OUBLIEZ DE DIRE QU'IL RESSENT LA DOULEUR. ET QUE C'EST PARFAITEMENT ILLÉGAL D'EN FABRIQUER...
MAIS POURQUOI L'AMENER ICI, À QUOI IL SERT ?
POUR REPARTIR, IL FAUT UN VAISSEAU, ET UN MOYEN DE PASSER LE FILET DES SATELLITES RADAR QUI PROTÈGENT LA TERRE !!!
"ORGANISME" ? ÇA ME PARAÎT ÊTRE UN HUMAIN EN BONNE ET DUE FORME, À MOI...
À CECI PRÈS QU'IL A ÉTÉ CRÉÉ IN VITRO, ET QU'IL A... "POUSSÉ" EN LABORATOIRE. IL A VÉCU ET VIVRA TOUJOURS EN ÉTAT DE COMA PROFOND. IL N'EST... QU'UN SUJET D'EXPÉRIENCE.
LES PRISONNIERS ONT UN VAISSEAU. OR, JE SUIS VENU ICI AVEC DES CADEAUX SUFFISAMMENT CONVAINCANTS POUR LEUR DEMANDER DE NOUS LE DONNER...
LE SEUL PROBLÈME, C'EST QUE LEUR VAISSEAU N'A PAS DE MOTEUR.
VOUS ÊTES SUPER DRÔLE ! MAIS J'IMAGINE QUE VOUS AVEZ AUSSI UNE SOLUTION POUR LE MOTEUR ET LES RADARS ?
EXACTEMENT. CETTE SOLUTION, CE SERA LUI. SI NOUS TROUVONS LA GROTTE.
QUOI ?!!
VOUS ÊTES COMPLÈTEMENT TARÉ ??!!
"SI NOUS TROUVONS LA GROTTE" ?! ET APRÈS, QUOI ? IL VA DEVENIR SUPERMAN ?!
ÇA SE POURRAIT, ATANABE...
CES TACHES SUR SON VISAGE... CE SONT DES TRACES DE CHIRURGIE. DES ÉLECTRODES. IL SERT À DES EXPÉRIMENTATIONS CÉRÉBRALES, N'EST-CE PAS ?...
EXACT. NOUS POUVONS CONTRÔLER CERTAINES ZONES DE SON CERVEAU.
ET C'EST VOUS QUI SEREZ CHARGÉ DE ÇA POUR LE VOL DE RETOUR, DOCTEUR LABBÉ...
25

BIEN, IL EST L'ABRI, LÀ-DESSOUS, ET IL AURA QUELQUES HEURES D'OXYGÈNE. ALLONS-Y !
ATTENDEZ ! ON A UN TYPE… "AVEC UN CERVEAU QUE VOUS POUVEZ TÉLÉGUIDER" ET QUI DOIT NOUS FAIRE REVENIR CHEZ NOUS… SI ON TROUVE LA GROTTE. ON PEUT EN SAVOIR PLUS ?
CONTENTEZ-VOUS DE ME FAIRE CONFIANCE. QU'EST-CE QUE VOUS RISQUEZ ? VOUS AVEZ DÉJÀ TOUT PERDU…
ET POUR LE VAISSEAU, COMMENT ALLONS-NOUS FAIRE ?
NOUS ALLONS RENCONTRER CEUX QUI LE POSSÈDENT. ET MARCHANDER…
BIEN. LES INFORMATIONS QUE J'AI PU RÉUNIR M'INDIQUENT QUE LA GROTTE EST AUX MAINS DES NOIRS… MAIS QUE LE VAISSEAU EST AUX MAINS DES ASIATES.
PRIORITÉ AU VAISSEAU.
C'EST VOTRE FRÈRE QUI DIRIGE LE CLAN DES JAUNES, ATANABE… VOUS LE SAVIEZ ?
QUOI ?! JE… JE NE PENSAIS PAS QU'IL AURAIT SURVÉCU…
VOUS ÊTES UN DE MES "CADEAUX". LE PETIT FRÈRE PRODIGUE…
QUELQUE CHOSE NE VA PAS ?
EUH… NON, C'EST COOL DE REVOIR LE FRANGIN…
BIEN. FINALEMENT, LE SEUL PARAMÈTRE HASARDEUX RESTE L'ATTERRISSAGE. LINDA SE CHARGERA D'ÉVITER LE CRASH… ELLE A DÉJÀ RÉALISÉ UN EXPLOIT SEMBLABLE.
ELLE EST ARRIVÉE À PLEINE VITESSE EN ATMOSPHÈRE TERRESTRE AVEC UN CONVOYEUR SPATIAL DE 3 000 TONNES, ET ELLE A QUAND MÊME PU REDRESSER… EN LARGUANT LA CARGAISON.
2 500 VOYAGEURS CRYOGÉNISÉS.
J'ÉTAIS SOUS MÉTAMPSYNE, CONNARD…
ÇA VAUT LE COUP DE DEMANDER LE VAISSEAU DE VOTRE FRANGIN, ATANABE, NON ?!
AT… ?! IL EST OÙ, CELUI-LÀ ?!!
26

MAIS POURQUOI
IL S'EST BARRÉ ?!!
IL EST DÉJÀ LOIN, ET...!!!?
IL Y A DU MONDE DANS LE COIN !
IL VA SE FAIRE CHOPER !
PLUS UN BRUIT ! ILS L'ONT EU. PAS QUESTION QU'IL PARLE !
BIP BIP BIP BIP
27

C'EST POUR ÇA QUE VOUS N'AVEZ PAS LA MÊME COMBINAISON QUE NOUS. VOUS, VOUS N'AVEZ PAS D'EXPLOSIF...
EN EFFET. PAR CONTRE, J'AI LA TÉLÉCOMMANDE.
VOUS ÊTES DU GENRE À MULTIPLIER LES PRÉCAUTIONS, HEIN, LG ? POURTANT, LÀ, Y A EU UN IMPRÉVU.
QU'EST-CE QUI S'EST PASSÉ AVEC ATANABE !?
CONTRAIREMENT À CE QUE JE PENSAIS, ATANABE ET SON FRÈRE N'ONT PAS L'AIR D'ÊTRE EN BONS TERMES... MAIS CE COUILLON FUYAIT DROIT VERS LE CAMP DE SON AÎNÉ. L'AMBIANCE VA ÊTRE ÉLECTRIQUE... PAS BON POUR NOUS.
NOUS ALLONS PLUTÔT CONTACTER LES NOIRS. LE COIN GROUILLE DE MONDE. ON PART, ON AVISERA PLUS TARD...
T'AS DU POT, MON GARS, JE CONNAISSAIS CE JOUJOU : FACILE À DÉCROCHER. ALLEZ, ON T'EMMÈNE VOIR LE CHEF... T'AS L'AIR D'AVOIR PLEIN DE TRUCS INTÉRESSANTS À RACONTER !
28

REGARDEZ CETTE VÉGÉTATION...
... JE SUIS CERTAIN QUE RIEN DE TOUT ÇA N'EXISTE SUR TERRE !
LA GRAVITÉ ET LA LUMIÈRE SONT PARTICULIÈRES, ICI...
IL N'EMPÊCHE. ÇA N'EXPLIQUE PAS TOUT...
MERDE !!!
CLAC !
DÉCIDÉMENT, ON EST AUSSI DISCRETS QU'UN COMMANDO !
29

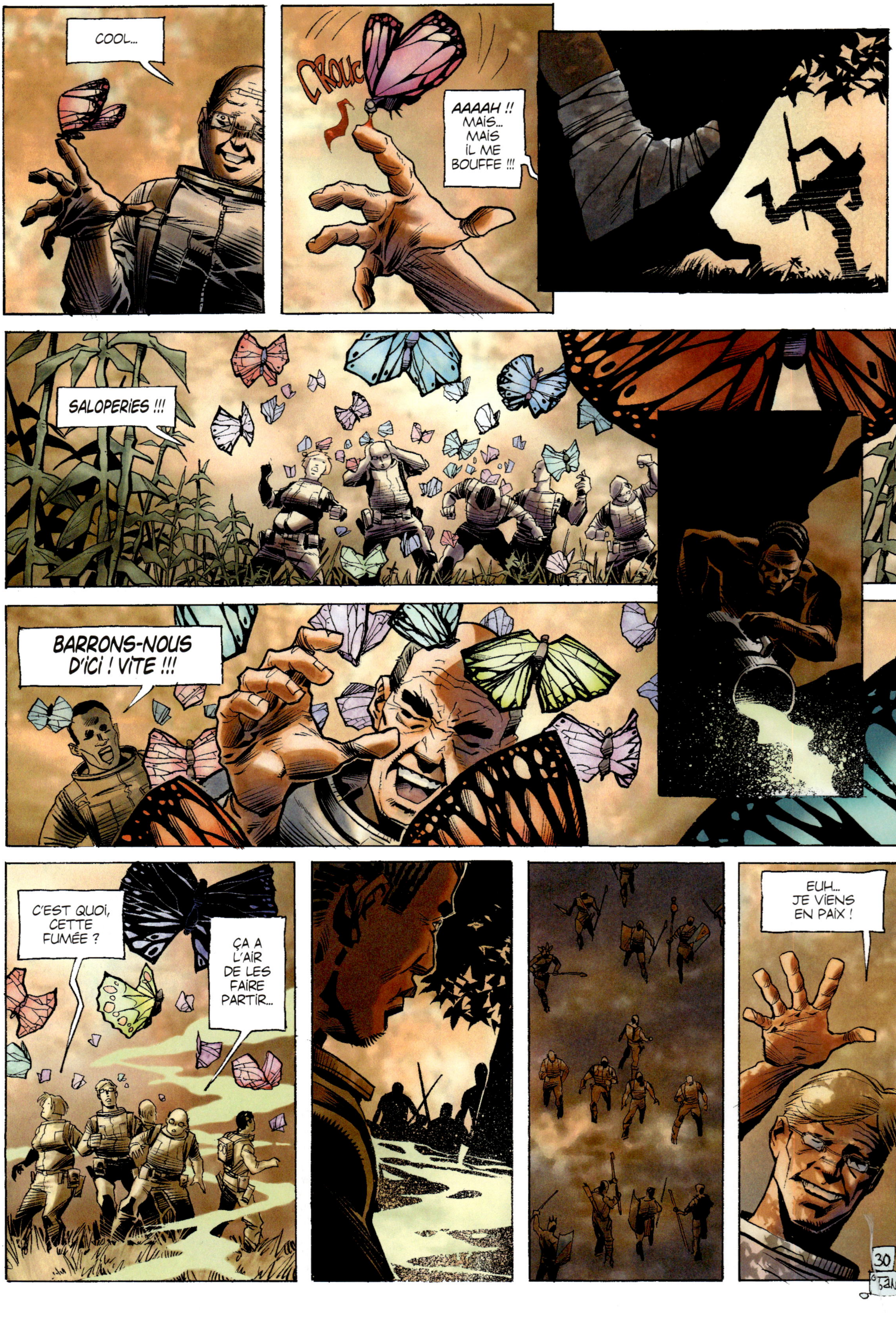
COOL...
CROUC
AAAAH !! MAIS... MAIS IL ME BOUFFE !!!
SALOPERIES !!!
BARRONS-NOUS D'ICI ! VITE !!!
C'EST QUOI, CETTE FUMÉE ?
ÇA A L'AIR DE LES FAIRE PARTIR...
EUH... JE VIENS EN PAIX !
30
Jane

L'ENFER...
... SUR TERRE, JE CROYAIS NE PAS SAVOIR QUEL VISAGE LUI DONNER.
JE CROIS QUE JE L'AI TROUVÉ.
LA DOULEUR, LA VIOLENCE... COMME MODE DE VIE.
ICI, CONTRE TOUTE ATTENTE, LA CIVILISATION A TROUVÉ UNE SORTE D'ABOUTISSEMENT. ICI, ON TUE POUR RECYCLER LES CORPS. EN FAIRE DE LA VIANDE, ET DES OUTILS...
ICI. C'EST ICI QUE JE VAIS CREVER.
LA QUESTION EST JUSTE DE SAVOIR QUAND, ET COMMENT.
31

OS, MUSCLES, PEAU... TOUT SERT ! LES ABATS DEVIENNENT UN TERREAU POUR LEURS CULTURES, D'OÙ CETTE ODEUR INFECTE... ILS NE GARDENT VIVANTS QUE LES PLUS UTILES...
LES SAVANTS... ET LES GUERRIERS. INCROYABLE !!!
ÇA VOUS AMUSE ? VOUS CROYEZ QU'ILS VOUS GARDERONT EN VIE, VOUS ?...
NOUS VIVONS EN PLEINE PRÉHISTOIRE, MON CHER...
JE SERAI PLUS QU'UTILE : INDISPENSABLE.
ON N'AURAIT PAS MIEUX FAIT D'ALLER CHEZ LES JAUNES ?
ÇA AURAIT ÉTÉ PAREIL...
VOUS AVEZ REMARQUÉ ? IL N'Y A PAS DE FEMMES...
MAIS... MAIS C'EST...
BEWANI SAU...
32

BEWANI SAU... L'HOMME QUI A DONNÉ LES OGM À L'AFRIQUE, ET SON AUTARCIE ALIMENTAIRE.
... ET QUI A FAIT TUER TOUS LES OCCIDENTAUX INSTALLÉS SUR LE CONTINENT NOIR...
L'ONU S'EST ENFIN DÉCIDÉE À NÉGOCIER ?
HÉLAS... NON. MOI, JE NE SUIS PAS ENVOYÉ PAR L'ONU.
JE M'APPELLE VALENTIN LAROCHE GALOUSEAU... ET JE VIENS AVEC UNE DEMANDE, ET UN CADEAU.
JE VOUS RECONNAIS, MAINTENANT... MAIS VOUS ÊTES BORGNE !? LES PHOTOS DES MAGAZINES SONT RETOUCHÉES, OU C'EST DÉJÀ L'EFFET PRISON ?
DEUXIÈME OPTION...
VOUS AVEZ... UNE DEMANDE, ET UN CADEAU, DITES-VOUS. DE QUOI S'AGIT-IL ?
JE SOUHAITE ÉTUDIER LA GROTTE QUI SE TROUVE SUR VOTRE TERRITOIRE ET QUE VOS HOMMES ONT TROUVÉE. JE SOUHAITE AUSSI VOTRE ASSISTANCE POUR PRENDRE AUX JAUNES LEUR NAVETTE...
EN ÉCHANGE, JE VOUS OFFRE LA LIBERTÉ... ET JE PEUX VOUS DÉSIGNER UN PRISONNIER QUI A ÉTÉ ENVOYÉ ICI PAR L'ONU POUR OBTENIR DES INFORMATIONS EN ÉCHANGE D'UNE REMISE DE PEINE. JE SAIS QUE VOUS AIMEZ VOUS AMUSER AVEC CES INFILTRÉS...
CET HOMME EST DERRIÈRE MOI.
IL S'APPELLE EDWARD ROONEY.

ALORS, C'EST TOI LE CHEF...
EH OUI, PETIT FRÈRE, C'EST MOI. J'AI TOUJOURS ÉTÉ AMBITIEUX...
QUELQUE CHOSE ME DIT QUE TU T'EN DOUTAIS, ET QUE T'AVAIS PAS TRÈS ENVIE DE ME VOIR !
ÉCOUTE, JE SAIS CE QUE TU PENSES, MAIS JE NE VOUS AI PAS BALANCÉS, IL Y A DEUX ANS...
POURTANT, T'AS ÉCHAPPÉ À LA TÔLE, À L'ÉPOQUE. PAS MOI. MAIS T'AS RECOMMENCÉ LES CONNERIES APRÈS, PAS VRAI ? SINON TU SERAIS PAS LÀ...
APPAREMMENT, IL A ÉTÉ ENRÔLÉ DE FORCE DANS UNE MISSION... IL VOULAIT SE BARRER, MAIS IL ALLAIT DROIT SUR NOTRE CAMP QUAND ON LUI EST TOMBÉS DESSUS !
BEAU MATOS... MAIS PAS TRÈS DISCRET, COMME INFILTRATION. T'ES LÀ POUR LA GROTTE, C'EST ÇA ? L'ONU T'A ENVOYÉ POUR NOUS ESPIONNER ?
NON, L'ONU N'A RIEN À VOIR LÀ-DEDANS ! JE SUIS PAS AVEC EUX, ILS S'EN FOUTENT, DE VOTRE GROTTE. C'EST UN MILLIARDAIRE QUI S'Y INTÉRESSE, ET...
UN MILLIAR-DAIRE ?! IL A UN PLAN POUR REPARTIR D'ICI ?!!
OUI !
T'AS GAGNÉ DU TEMPS AVANT DE PASSER SUR LE GRIL, FRANGIN.
EXPLIQUE...
34

ALLEZ, ROONEY, NE FAITES PAS CETTE TÊTE ! C'ÉTAIT DANS VOTRE DOSSIER !!
ROONEY VA NOUS ÊTRE EXTRÊMEMENT PRÉCIEUX. SES COMPÉTENCES SONT IMPORTANTES POUR LE VOL DE RETOUR, MAIS SURTOUT, LA MISSION QUE LUI A CONFIÉE L'ONU VA NOUS AIDER ÉNORMÉMENT CONTRE LES JAUNES...
LES JAUNES. VOUS JOUEZ HABILEMENT SUR NOS RIVALITÉS, MONSIEUR GALOUSEAU. IL EST VRAI QUE RIEN NE POURRAIT NOUS RÉCONCILIER, PAS MÊME UNE POSSIBILITÉ D'ÉVASION...
MAIS JE POURRAIS AUSSI TOUS VOUS FAIRE TUER. APRÈS VOUS AVOIR FAIT PARLER, BIEN SÛR... IL NE ME RESTERAIT PLUS QU'À EXÉCUTER MOI-MÊME VOTRE PLAN...
SOIT. MAIS SUR TERRE, MES CONTACTS ET MON ARGENT NOUS SERONT PRÉCIEUX. MÊME EN AFRIQUE, VOUS N'AVEZ PAS ÉTÉ LONG À REMPLACER... PAS SÛR QUE LES NOUVEAUX CHEFS VOIENT VOTRE RETOUR D'UN TRÈS BON ŒIL.
JE VOUS AIDERAI. MÊME SI JE NE SAIS PAS COMMENT VOUS FEREZ VOLER LA NAVETTE, JE SUIS CURIEUX DE VOIR COMMENT VOUS NOUS AIDEREZ CONTRE LES ASIATES...
LEUR PRENDRE LA NAVETTE NE SE FERA PAS GRÂCE À UNE SIMPLE ESCARMOUCHE.
IL FAUDRA LES ANÉANTIR...
VOUS EN VOULEZ, DOCTEUR ?
35
GANE 07

HEIN ? EUH...
NON, MERCI...
JE VOUS PARLAIS DE ÇA, DOCTEUR.
VOUS EN VOULEZ ?
LES MUTATIONS SONT NOMBREUSES ICI... TOUT EST IRRADIÉ PAR LES RAYONNEMENTS COSMIQUES : LE BOUCLIER DE LA PRISON N'EST PAS TRÈS EFFICACE.
C'EST LE SEUL ANIMAL QU'ON AIT PU INTRODUIRE DANS LA PRISON... ET COMME LES PLANTES, IL A UN PEU "ÉVOLUÉ"...
TIENS... QU'EST-CE QUI SE PASSE ?
LE CLAN DES FEMMES M'ENVOIE UN PRÉSENT...
LE "CLAN DES FEMMES" ?
LE SEUL ACCORD PASSÉ PAR LES TROIS CLANS. NOUS LAISSONS LES FEMMES À PART, MAIS DE TEMPS EN TEMPS, ELLES ASSOUVISSENT NOS PLAISIRS. SANS ÇA, AUCUNE N'AURAIT SURVÉCU...
C'EST UNE BLANCHE ...
À CHACUN SES FANTASMES.
À PLUS TARD, MESSIEURS...
36

NOUS AVONS PIQUÉ ÇA AUX NOIRS. DE VRAIES SALOPERIES VOLANTES. ILS SE DÉFENDENT AVEC. ON N'A PAS ENCORE TROUVÉ LA PHÉROMONE DE CONTRÔLE...
MAIS ON S'EN COGNE, DE TOUT ÇA !! IL FAUT ALLER CHERCHER LE... LEUR MEC EXPÉRIMENTAL, LÀ !!
TU N'ARRIVERAS PAS À LE RETROUVER. TROP RISQUÉ. ET PUIS TON MILLIARDAIRE VIENDRA ICI, DE TOUTES FAÇONS...
POURQUOI ?!!
POUR ÇA...
QUOI ?!... C'EST DANS CETTE ANTIQUITÉ QU'IL ESPÉRAIT NOUS FAIRE REPARTIR ?!!!
ICI, C'EST LE SEUL OBJET CAPABLE DE RÉSISTER À UNE ENTRÉE DANS L'ATMOSPHÈRE... NORMALEMENT ! IL A L'AIR BIEN INFORMÉ, TON RICHARD...
ON AVAIT RÉCUPÉRÉ CETTE NAVETTE DANS LES ANCIENNES BASES. BIEN SÛR, ELLE N'A PLUS DE MOTEUR...
TU M'ÉTONNES !
L'ESPOIR FAIT VIVRE LES PRISONNIERS. MAIS SI LAROCHE GALOUSEAU SAIT COMMENT LA FAIRE DÉCOLLER, IL VIENDRA CHERCHER CETTE NAVETTE. PRÉPARONS-NOUS À LE RECEVOIR...
37

VOICI LA GROTTE QUE VOUS CONVOITIEZ TANT...
DONNEZ-VOUS LA PEINE D'ENTRER !
BON DIEU... C'EST COUVERT D'ALGUES ! ON AURAIT DÛ S'EN DOUTER, AVEC CET AIR IRRESPIRABLE !!!
LA SÉPULTURE VOUS INTÉRESSERA PEUT-ÊTRE... MES HOMMES ONT ENLEVÉ LE MONTICULE QUI RECOUVRAIT LE CORPS. IL EST... "ÉTRANGE". C'EST LÀ, DEVANT VOUS.
ILS N'AURAIENT PAS DÛ LE SORTIR, IL A ÉTÉ CORROMPU PAR L'AIR ! J'AI BIEN PEUR QUE NOUS SOYONS VENUS POUR RIEN, GALOUSEAU !
ON NE S'ÉNERVE PAS, DELAGE.
NOUS SOMMES VENUS SUR LA LUNE PARCE QUE NOUS PENSIONS EXACTEMENT TROUVER DES CORPS COMME CELUI-CI DANS CETTE GROTTE... IL DOIT Y EN AVOIR D'AUTRES...
LAISSEZ-MOI INSPECTER LA ROCHE...
38

ALORS ?
ALORS ILS SONT LÀ.
IL Y EN A UNE DIZAINE. UNE DIZAINE, BON SANG ! LES SÉPULTURES SONT ÉTANCHES, ILS SONT EXPLOITABLES...
LEUR CRÂNE... LEUR CRÂNE EST COMME NOUS LE PENSIONS !
C'EST EUX, C'EST EUX, DELAGE !!!
ENFIN ! NOUS LES AVONS TROUVÉS, DELAGE ! NOUS ALLONS RÉUSSIR !
BIEN. ÇA IRA TRÈS VITE.
TANT MIEUX...
VOUS AVEZ LA GROTTE. EXPLIQUEZ-MOI MAINTENANT À QUOI NOUS SERT VOTRE AMI ROONEY?
COMMENT VA-T-IL NOUS AIDER À ATTAQUER LES ASIATES ?
ALLEZ-Y, ROONEY. MONTREZ-NOUS DONC CE QUE L'ONU VOUS A CHARGÉ DE FAIRE...
39

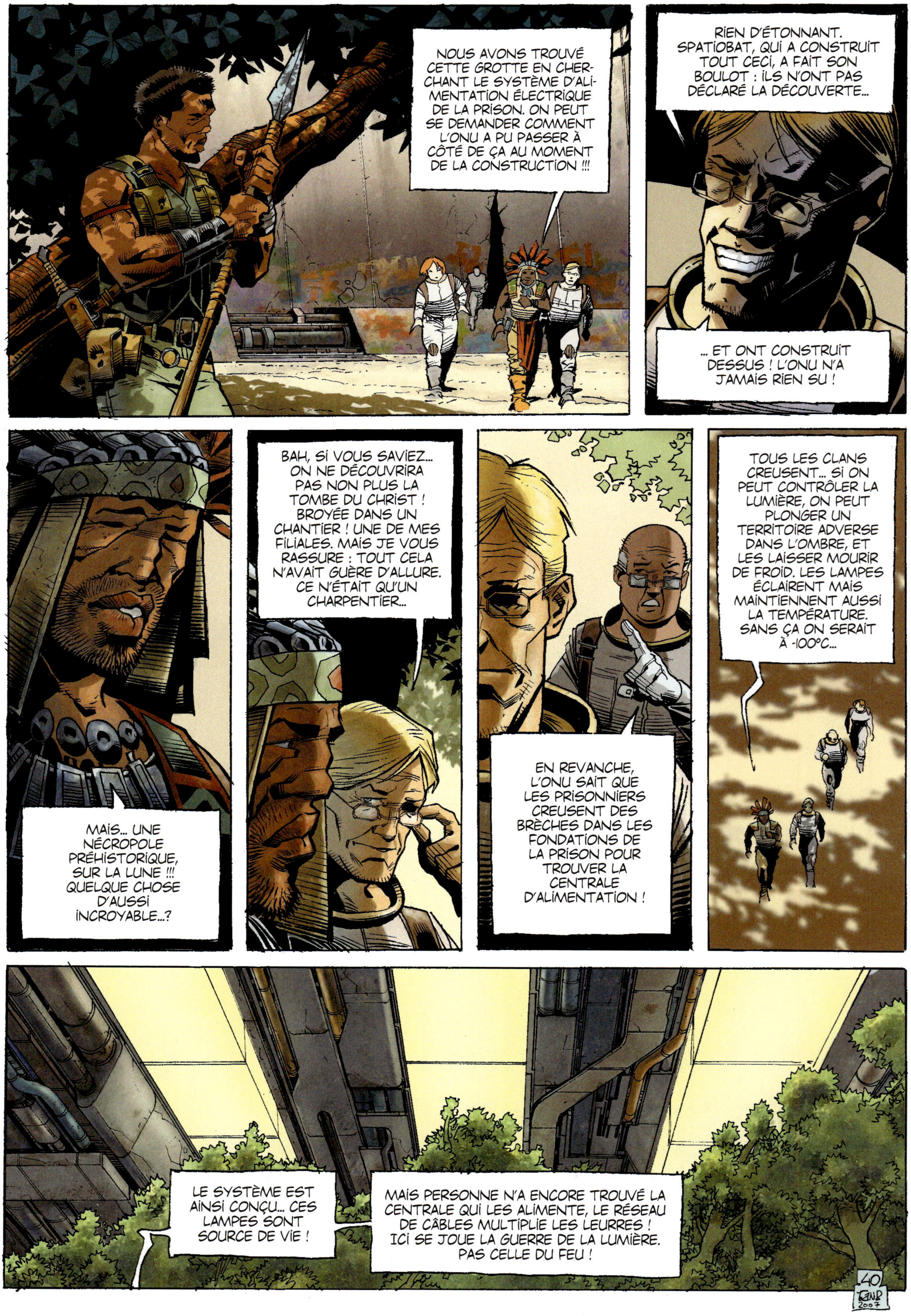

NOUS AVONS TROUVÉ CETTE GROTTE EN CHERCHANT LE SYSTÈME D'ALIMENTATION ÉLECTRIQUE DE LA PRISON. ON PEUT SE DEMANDER COMMENT L'ONU A PU PASSER À CÔTÉ DE ÇA AU MOMENT DE LA CONSTRUCTION !!!
RIEN D'ÉTONNANT. SPATIOBAT, QUI A CONSTRUIT TOUT CECI, A FAIT SON BOULOT : ILS N'ONT PAS DÉCLARÉ LA DÉCOUVERTE...
... ET ONT CONSTRUIT DESSUS ! L'ONU N'A JAMAIS RIEN SU !
MAIS... UNE NÉCROPOLE PRÉHISTORIQUE, SUR LA LUNE !!! QUELQUE CHOSE D'AUSSI INCROYABLE...?
BAH, SI VOUS SAVIEZ... ON NE DÉCOUVRIRA PAS NON PLUS LA TOMBE DU CHRIST ! BROYÉE DANS UN CHANTIER ! UNE DE MES FILIALES. MAIS JE VOUS RASSURE : TOUT CELA N'AVAIT GUÈRE D'ALLURE. CE N'ÉTAIT QU'UN CHARPENTIER...
EN REVANCHE, L'ONU SAIT QUE LES PRISONNIERS CREUSENT DES BRÈCHES DANS LES FONDATIONS DE LA PRISON POUR TROUVER LA CENTRALE D'ALIMENTATION !
TOUS LES CLANS CREUSENT... SI ON PEUT CONTRÔLER LA LUMIÈRE, ON PEUT PLONGER UN TERRITOIRE ADVERSE DANS L'OMBRE, ET LES LAISSER MOURIR DE FROID. LES LAMPES ÉCLAIRENT MAIS MAINTIENNENT AUSSI LA TEMPÉRATURE. SANS ÇA ON SERAIT À -100°C...
LE SYSTÈME EST AINSI CONÇU... CES LAMPES SONT SOURCE DE VIE !
MAIS PERSONNE N'A ENCORE TROUVÉ LA CENTRALE QUI LES ALIMENTE, LE RÉSEAU DE CÂBLES MULTIPLIE LES LEURRES ! ICI SE JOUE LA GUERRE DE LA LUMIÈRE. PAS CELLE DU FEU !
40
2007

ET POURQUOI NE PAS BRISER LES LAMPES DES ADVERSAIRES ?
ET GELER DÉFINITIVEMENT UN SECTEUR VIABLE ? VOUS PENSEZ QU'ON A DES "AMPOULES" DE RECHANGE ?
EN TOUT CAS, L'ONU SAVAIT QUE VOUS N'ÉTIEZ PAS TOMBÉS LOIN EN CREUSANT. MÊME SI, À LA PLACE DE LA CENTRALE, VOUS AVEZ TROUVÉ LA GROTTE...
C'EST POUR ÇA QU'ILS M'ONT ENVOYÉ ICI.
NOUS Y SOMMES...
ZZZSHHHHUIFFF !!
JE DEVAIS FAIRE PERPET' ICI, SUR LA LUNE. MAIS L'ONU A RÉDUIT MA PEINE À 20 ANS, SUR TERRE, SI JE RENFORÇAIS LES PROTECTIONS DE L'INSTALLATION ÉLECTRIQUE...
ILS NE VEULENT PAS VOIR LA PILE À NEUTRON QUI ALIMENTE LE SYSTÈME ENTRE LES MAINS DES PRISONNIERS...
ALLEZ COMPRENDRE !
41

LA CENTRALE... NOUS EN SOMMES MAÎTRES, DÉSORMAIS !
CHAQUE CLAN ATTEND CE MOMENT DEPUIS DES ANNÉES... MAIS C'EST NOUS QUI L'AVONS !! NOUS SOMMES MAÎTRES DE LA LUMIÈRE !!!
FINALEMENT, C'EST VOUS LE GRAND GAGNANT DE LA PARTIE, ROONEY.
RICHE ET LIBRE AVEC VOUS, ÇA DOIT ÊTRE MIEUX QUE 20 ANS DE TAULE AVEC L'ONU...
NOUS POUVONS METTRE LE PLAN À EXÉCUTION.
APRÈS NOUS ÊTRE CHARGÉS DES JAUNES ET DE LA NAVETTE, NOUS RÉCUPÉRERONS NOTRE MOTEUR. TOUT CELA EST FACILE, MAINTENANT. BEWANI, VOTRE CLAN DOMINERA BIENTÔT TOUTE LA PRISON... ET VOUS RENTREREZ AVEC NOUS.
MES HOMMES SAVENT CE QUE JE FERAI POUR EUX, SUR TERRE...
BIEN... TOUT EST AU POINT.
VOTRE ÉQUIPE PEUT ÉTUDIER LA GROTTE, LG.
ET VOTRE ARMÉE PEUT COMMENCER LA GUERRE... LA NUIT VA TOMBER SUR CETTE FORÊT POUR LA PREMIÈRE FOIS...
... ET ELLE SERA NOTRE ALLIÉE.
42

QUELQUES HEURES PLUS TARD...
BON, PLUS QU'À ATTENDRE QU'ILS ARRIVENT CHEZ LES ASIATIQUES. POUR UNE NAVETTE DONT ON N'A PAS BESOIN...
COMMENT ÇA ?
ON A BESOIN D'UN TRUC QUI RENTRE DANS L'ATMOSPHÈRE ET DU "BONHOMME". C'EST TOUT. LA PLATE-FORME DES MATONS FERAIT L'AFFAIRE.
MAIS LA PLATE-FORME S'ÉCRASERA, SUR TERRE ?! UNE NAVETTE, ÇA PEUT ATTERRIR !
NOS COMBINAISONS. "UNITÉS TOUT-TERRAIN". ELLES SONT POLYVALENTES.
LG S'EN FOUT, PARCE QU'ICI ÇA SERT À RIEN... MAIS ON A UN PARACHUTE INCORPORÉ SUR NOUS...
UNE FOIS DANS L'ATMOSPHÈRE, ON PEUT SAUTER DE LA PLATE-FORME AVANT QU'ELLE SE CRASHE.
POURQUOI TU ME DIS TOUT ÇA ?
À L'ÉVIDENCE, PROFESSEUR DELAGE, NOUS NE SOMMES PAS EN FACE DE QUELQUE CHOSE D'HUMAIN...
DÉTROMPEZ-VOUS...
43

J'AURAIS PLUTÔT FAIT VENIR... DES EXOBIOLOGISTES, POUR ÉTUDIER DES EXTRATERRESTRES, NON ?
PAS UN PALÉONTOLOGUE ET UN MÉDECIN...
CE QUE VOUS VOYEZ LÀ, BEWANI, CE SONT DES HOMMES DU MAGDALÉNIEN, -10 000 AV. J-C, À PEU PRÈS...
DES HOMMES PRÉHISTORIQUES ?! JE VEUX COMPRENDRE...
LES GARDES, C'EST FAIT.
ALORS, LA BOMBE...
... FIL BLEU...
... OU FIL ROUGE ?
DÉCONNE PAS, ROONEY !
CLAC
DU GÂTEAU. LG NE PEUT PLUS TE DÉTECTER, NI T'EXPLOSER !
VOILÀ LE CASQUE. IL EST SUR UNE AUTRE FRÉQUENCE QUE LES AUTRES. DIS-MOI QUAND TU AS DÉTERRÉ LE LÉGUME, JE TE REJOINS AVEC LES AUTRES.
JE NE SAIS PAS COMBIEN DE TEMPS LG ET SES AMIS SERONT OCCUPÉS... DÉPÊCHE-TOI...
TU ES SÛR DE CE QU'ON FAIT ?
C'EST UN TORDU, TU L'AS VU, TOI AUSSI. SUR TERRE, IL NOUS BUTERA.
ON DOIT SE PASSER DE LUI !!
"UN TORDU" ? T'AS PAS L'AIR D'AVOIR UN TRÈS BON CV NON PLUS, ROONEY...
PEUT-ÊTRE, MAIS TU AS BESOIN DE MOI POUR RENTRER DANS LA PLATE-FORME. JE SUIS LE SEUL QUE LES MATONS IDENTIFIERONT.
44

IL Y A UNE DIZAINE D'ANNÉES, SUR TERRE, EN SCANNANT LES PAROIS D'UNE GROTTE, J'AI DÉCOUVERT UN CORPS.
UN CORPS ÉTRANGE, AU CERVEAU SURDÉVELOPPÉ...
... COMME CEUX D'ICI.
IL ÉTAIT FOSSILISÉ, ÉVIDEMMENT... AUCUNE ANALYSE CHIMIQUE N'A DONNÉ QUOI QUE CE SOIT. J'AI SEULEMENT PU ÉTUDIER SON ANATOMIE PAR SCAN, ET DÉCOUVRIR QU'IL ÉTAIT À LA FOIS HUMAIN... ET DIFFÉRENT. MAIS QUAND J'AI RENDU MON ÉTUDE PUBLIQUE, ON M'A RI AU NEZ. VALENTIN LAROCHE GALOUSEAU FUT LE SEUL À ME CONTACTER.
IL M'A EXPLIQUÉ QU'IL MENAIT DES EXPÉRIENCES SUR LA TÉLÉKINÉSIE...
... LE DÉPLACEMENT D'OBJETS PAR LA FORCE DE LA PENSÉE !
LES SUJETS QU'IL TESTAIT NE POUVAIENT QUE DÉPLACER DES OBJETS INFIMES...
MAIS QUE LE CORPS QUE J'AVAIS TROUVÉ... AVAIT UN CERVEAU CAPABLE DE GRANDES PROUESSES.
DONC... LES CADAVRES QUI SE TROUVENT ICI POUVAIENT MOUVOIR DES OBJETS PAR LEUR SEULE VOLONTÉ ?
SELON LG, DES MONTAGNES !! PLUS, PEUT-ÊTRE... VOUS COMPRENEZ L'ENJEU DE CETTE MISSION, MAINTENANT ?!
CERTES, MAIS... POURQUOI NE SOMMES-NOUS PAS COMME ÇA NOUS-MÊMES ?!! VOUS AVEZ DIT QU'IL S'AGISSAIT D'HUMAINS ?!
45

CES HOMMES-LÀ ONT TROUVÉ LE MOYEN DE... MUTER. NOTRE HYPOTHÈSE EST QUE LA MUTATION AVAIT LIEU DANS DES GROTTES SEMBLABLES À CELLES-CI...
OR, LES FRESQUES PRÉHISTORIQUES REPRODUISENT DES VISIONS QUE LEURS AUTEURS ONT OBTENUES SOUS HALLUCINOGÈNES...
CAR PENDANT LA PRÉHISTOIRE, DANS CES GROTTES DES CHAMANES ENTRAIENT EN CONTACT AVEC LES FORCES DE LA NATURE. ILS TENTAIENT D'ATTEINDRE UN AUTRE ÉTAT. AVEC DES DROGUES. ET TOUT EST LÀ. CES ÊTRES QUE NOUS DÉCOUVRONS ICI ONT RÉUSSI À ATTEINDRE UN AUTRE... "STADE". AU-DELÀ DE TOUTE ESPÉRANCE...
ÇA Y EST, ROONEY, J'Y SUIS !
MERDE !!!
QU'EST-CE QUI SE PASSE ???
Y A UN COMITÉ DE BIENVENUE. DES BLANCS ! QUAND EST-CE QUE TU ÉTEINS ?
BIENTÔT, NORMALEMENT !
46

CES HOMMES AURAIENT TROUVÉ... UN COCKTAIL DE DROGUES QUI LEUR PERMETTAIT DE...?
DE DÉCUPLER LEUR CERVEAU, AU COURS D'UNE SORTE DE MUE... CES "AILES" QUE VOUS VOYEZ LÀ SONT LES PROLONGEMENTS DES DEUX HÉMISPHÈRES. LE RITUEL DEVAIT CORRESPONDRE AU PASSAGE À L'ÂGE ADULTE.
INCROYABLE.
PAS TANT QUE ÇA. NOMBRE D'ANIMAUX FONT DES MUES, CERTAINS CHANGENT DE COULEUR DE PEAU, D'AUTRES CHANGENT RADICALEMENT D'ANATOMIE... QUESTION DE PHYSIOLOGIE.
LE SEUL CORPS TROUVÉ SUR TERRE ÉTAIT INEXPLOITABLE. MAIS LEURS CAPACITÉS LEUR ONT PERMIS DE VOYAGER "LOIN"...
ET QUAND VOUS AVEZ SU, POUR LA GROTTE SUR LA LUNE... VOUS AVEZ COMPRIS QU'IL S'AGISSAIT D'EUX. VOUS ÊTES VENU. POUR RETROUVER DANS LEUR CORPS LA SUBSTANCE QU'ILS INGURGITAIENT !!!!
ELLES DATENT DU MAGDALÉNIEN, ELLES ONT DISPARU SUR TERRE. MAIS LE VIDE LUNAIRE LES A CONSERVÉES DANS CES CORPS-LÀ.
ET, EN FAIT, L'EXPLOITATION A ÉTÉ RAPIDE : NOUS LES AVONS ! NOUS ALLONS POUVOIR L'INJECTER AU SUJET TEST...
ALORS ?
RIEN POUR L'INSTANT.
NOUS Y SOMMES. VOUS ÊTES SÛR QU'ILS N'ONT PAS DE FEU ?
AUCUN CLAN N'EN FAIT. L'AIR EST DÉJÀ À PEINE RESPIRABLE...
ALORS UTILISEZ LES CASQUES INFRAROUGES QUE JE VOUS AI FOURNIS !
47

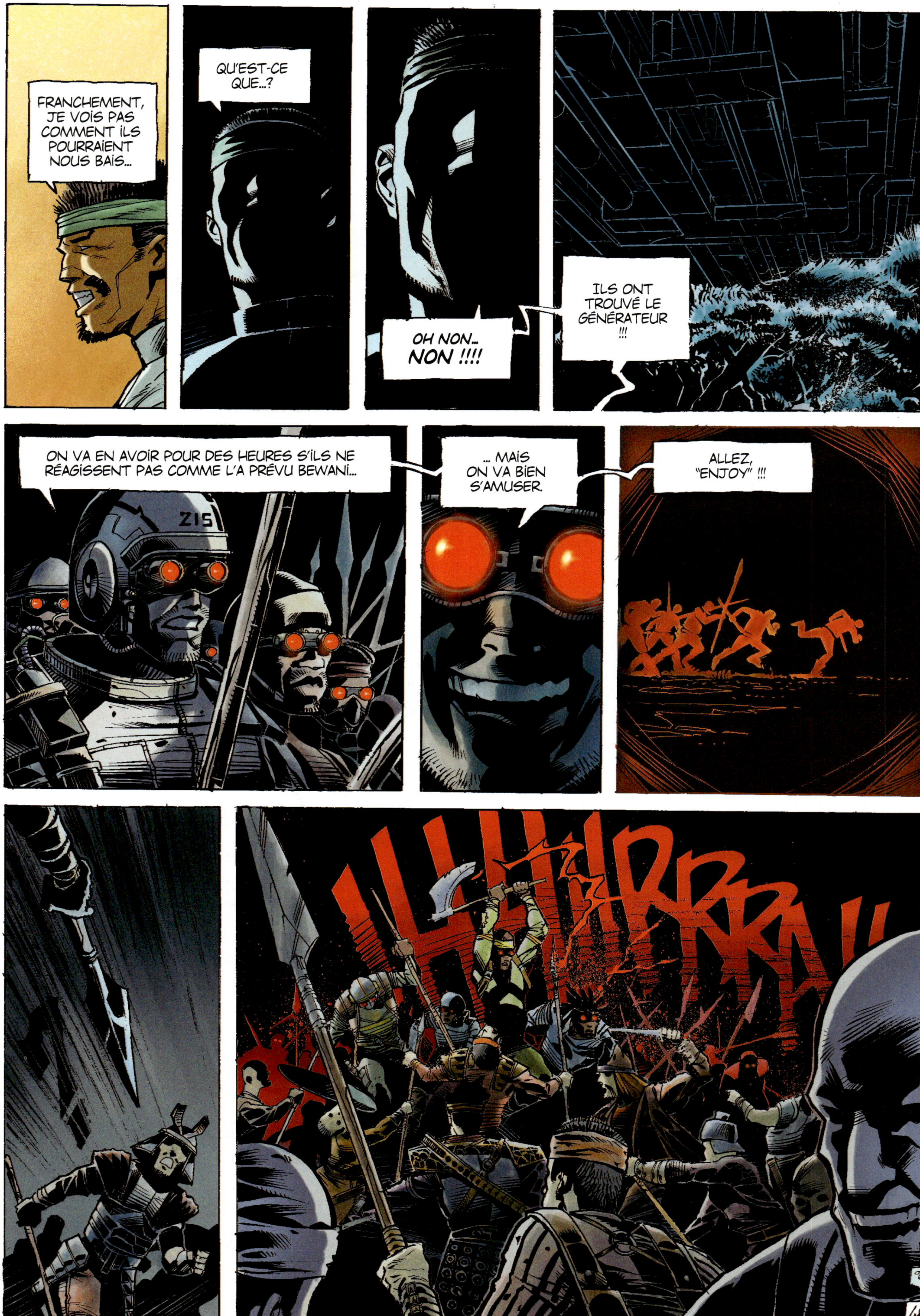
FRANCHEMENT, JE VOIS PAS COMMENT ILS POURRAIENT NOUS BAIS...
QU'EST-CE QUE...?
OH NON... NON !!!!
ILS ONT TROUVÉ LE GÉNÉRATEUR !!!
ON VA EN AVOIR POUR DES HEURES S'ILS NE RÉAGISSENT PAS COMME L'A PRÉVU BEWANI...
... MAIS ON VA BIEN S'AMUSER.
ALLEZ, "ENJOY" !!!
48

CADEAU DU CLAN DES FEMMES, LES AMIS.
?!!
?
MAIS ON REGARDE...
... AVANT DE TOUCHER.
?!?
Y A UN CLAN QU'A TROUVÉ L'INTERRUPTEUR ?!
T'ES PASSÉE OÙ, CHÉRIE ?
MERCI DE M'AVOIR ÉPARGNÉ LE BOULOT.
ROONEY, C'EST LINDA.
ÇA Y EST, J'AI NOTRE BONHOMME.
OK, ON SE REJOINT À LA SORTIE.
49

MAIS ON PEUT PAS SE LAISSER MASSACRER COMME ÇA ! IL FAUT FAIRE DU FEU !!!
ALORS TROUVE DES SILEX !! ICI, PETIT FRÈRE, IL N'Y A PAS DE LUM...
LES PAPILLONS !? LES PAPILLONS SONT PHOSPHORESCENTS !!!! IL FAUT LES LÂCHER, ILS VONT NOUS ÉCLAIRER !
T'ES DINGUE !? ILS VONT NOUS BOUFFER ! LES NOIRS NE SERONT PAS ATTAQUÉS, ILS SONT SÛREMENT ENDUITS DE PHÉROMONES !!!
TU PRÉFÈRES TE LAISSER CREVER SANS VOIR TON ENNEMI ?!!
50

ILS ONT LÂCHÉ LES PAPILLONS. BEWANI L'AVAIT PRÉVU. L'HONNEUR DES SAMOURAÏS. ALLEZ, ILS SE FONT BOUFFER, TOUT LE MONDE Y VOIT CLAIR...
... QU'ON EN FINISSE !!
MAIS COMMENT ONT-ILS DISPARU ? ET POURQUOI CE SECRET EST-IL RESTÉ ENFOUI ?!!
LEUR NATURE N'ÉTAIT PAS DE DURER. C'EST TOUTE L'ANATOMIE DU CORPS QUI CHANGEAIT. CERVEAU TÉLÉKINÉSIQUE...
... MAIS AUSSI L'ÉPIDERME ADAPTÉ AUX TEMPÉRATURES SPATIALES, AU VIDE. ET SURTOUT, RESPIRATION ET ALIMENTATION STOPPÉES. ILS AVAIENT UNE RÉSERVE LIMITÉE.
ILS ÉTAIENT CAPABLES DE DÉPLACER DES MASSES ÉNORMES. MAIS EN FAIT ILS UTILISAIENT CETTE FORMIDABLE ÉNERGIE POUR VOYAGER PLUS LOIN ET PLUS VITE QU'AUCUN VAISSEAU HUMAIN NE LE FERA JAMAIS...
ILS PARTAIENT VOIR LE VIDE SPATIAL, LES NÉBULEUSES, LES ÉTOILES... PUIS ILS MOURAIENT.
51

ILS ÉTAIENT ÉPHÉMÈRES. DES PAPILLONS HUMAINS... UNE RACE FAITE POUR DISPARAÎTRE À COURT TERME... MAIS LEURS POUVOIRS ÉTAIENT IMMENSES ! EN SACRIFIANT QUELQUES HOMMES ET EN LES CONTRÔLANT, NOUS POURRONS TRANSPORTER DES COLONIES ENTIÈRES AUX CONFINS DE L'UNIVERS ! VOUS COMPRENEZ L'ENJEU ?!
MAIS... POURQUOI SONT-ILS TOUS REVENUS SUR LA LUNE POUR MOURIR ?!!
POUR VOIR LEUR PLANÈTE, LA TERRE, UNE DERNIÈRE FOIS...
TOUS LES ASTRONAUTES S'ACCORDENT À LE DIRE...
... LA TERRE EST LA PLUS BELLE CHOSE QU'ON PEUT VOIR DANS UNE VIE.
TCHUK
POURQUOI AVEZ-VOUS FAIT ÇA ?!!
LG ET LUI ÉTAIENT COMME CUL ET CHEMISE. JE PENSE QU'IL AURAIT PAS AIMÉ MON PLAN...
ON SE CASSE !
52

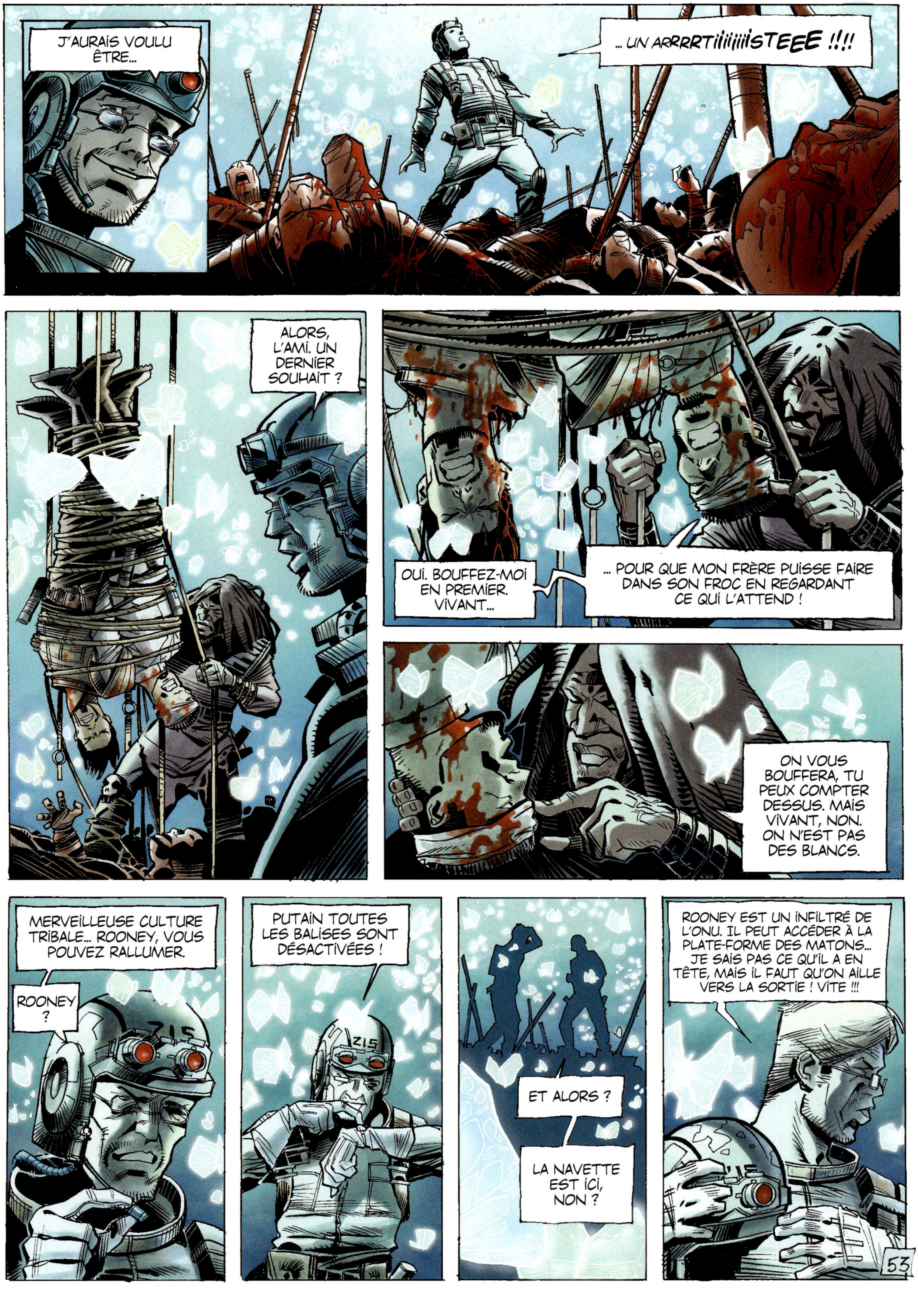
J'AURAIS VOULU ÊTRE...
... UN ARRRRTIIIIIIISTEEE !!!!
ALORS, L'AMI. UN DERNIER SOUHAIT ?
OUI. BOUFFEZ-MOI EN PREMIER. VIVANT...
... POUR QUE MON FRÈRE PUISSE FAIRE DANS SON FROC EN REGARDANT CE QUI L'ATTEND !
ON VOUS BOUFFERA, TU PEUX COMPTER DESSUS. MAIS VIVANT, NON. ON N'EST PAS DES BLANCS.
MERVEILLEUSE CULTURE TRIBALE... ROONEY, VOUS POUVEZ RALLUMER.
ROONEY ?
PUTAIN TOUTES LES BALISES SONT DÉSACTIVÉES !
ET ALORS ?
LA NAVETTE EST ICI, NON ?
ROONEY EST UN INFILTRÉ DE L'ONU. IL PEUT ACCÉDER À LA PLATE-FORME DES MATONS... JE SAIS PAS CE QU'IL A EN TÊTE, MAIS IL FAUT QU'ON AILLE VERS LA SORTIE ! VITE !!!
53

CE MEC VA VRAIMENT POUVOIR DÉPLACER LA PLATE-FORME AVEC SON CERVEAU ?! C'EST GÉNIAL ! ON A NORMALEMENT BESOIN DE FUSÉES POUR MANŒUVRER DANS L'ESPACE, ET LES SATELLITES DE L'ONU SONT AU RABAIS : ILS NE DÉTECTENT QUE LES SIGNATURES THERMIQUES !
SANS MOTEUR, ON VA LES BLOUSER !! LE PLAN DE LG ÉTAIT PARFAIT !
MAINTENANT, C'EST SIMPLE : LA PUCE QUE J'AI PERMETTRA AUX MATONS DE M'IDENTIFIER.
J'ENTRE, ET JE M'OCCUPE D'EUX...
ENSUITE, ON TE REJOINT, ET J'INJECTE LE PRODUIT DANS NOTRE BONHOMME. LES ÉLECTRODES COMMANDÉES QU'IL A DANS LE CERVEAU ME PERMETTRONT DE DÉPLACER LA PLATE-FORME JUSQU'À L'ATMOSPHÈRE TERRESTRE... COMME LG L'AVAIT PRÉVU. UN "MOTEUR HUMAIN".
NON. LG VA ARRIVER, ET SI ON EST TROP NOMBREUX, LES MATONS TROUVERONT ÇA SUSPECT. J'Y VAIS DIRECTEMENT AVEC LINDA, QUI MANŒUVRERA LA PLATE-FORME, ET LE BONHOMME. TU VAS M'EXPLIQUER TRÈS VITE CE QUE JE DOIS LUI FAIRE...
MAIS... ET MOI !? ET DELAGE !!?
JE VOUS LAISSE ICI. VIVANTS. OU MORTS, SI TU FAIS PAS TON BOULOT !
C'EST PLUS CLAIR ?!
C'EST TRÈS CLAIR.
EN FAIT, JE SUIS PAS TELLEMENT SURPRIS. J'AI TOUJOURS SU QUE ÇA FINIRAIT COMME ÇA.
C'EST POUR ÇA QUE JE ME SUIS INJECTÉ LE PRODUIT. IL Y A UN BON QUART D'HEURE.
54

T'AS FAIT QUOI ?!
VOUS ÊTES MALADE ! MÊME SI VOUS SURVIVEZ À LA MUTATION, VOUS EN AVEZ POUR QUELQUES HEURES, QUELQUES JOURS À VIVRE AU PLUS !!!
ET APRÈS ?! J'AI DEALÉ, J'AI CONDUIT DES GENS À LA MORT ! POUR LE POGNON, ET PAS PAR BONTÉ D'ÂME ! JE MÉRITE PEUT-ÊTRE DE CREVER. MAIS PAS ICI. PAS COMME UN CHIEN. QUITTE À MOURIR, JE TENTE UN AUTRE GENRE DE SORTIE !
LINDA, ON SE BARRE !
SOUHAITEZ-MOI BON VOYAGE, PROFESSEUR...
ON Y EST ! J'ESPÈRE QUE...
?!?
NOM DE DIEU...
55

162
ALBEE
ZONE
MAIS... ?! Y A DEUX GARS QUI CHERCHENT À FRANCHIR LE SAS...
ILS SONT IDENTIFIÉS ?
IL N'Y EN A QU'UN... LAISSE VENIR... ON VA JUSTE FAIRE GAFFE.
56

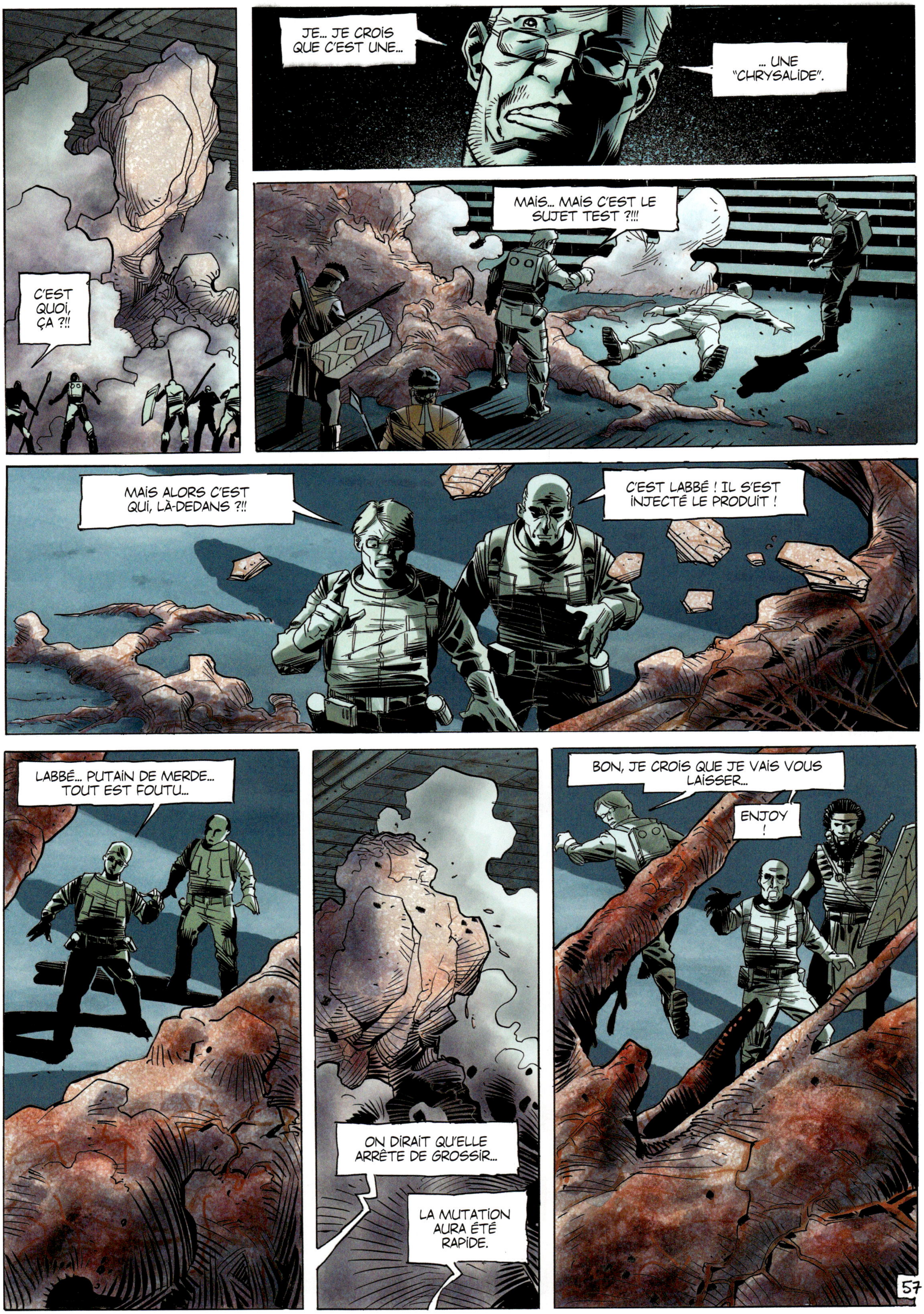
JE... JE CROIS QUE C'EST UNE...
... UNE "CHRYSALIDE".
C'EST QUOI, ÇA ?!!
MAIS... MAIS C'EST LE SUJET TEST ?!!!
MAIS ALORS C'EST QUI, LÀ-DEDANS ?!!
C'EST LABBÉ ! IL S'EST INJECTÉ LE PRODUIT !
LABBÉ... PUTAIN DE MERDE... TOUT EST FOUTU...
ON DIRAIT QU'ELLE ARRÊTE DE GROSSIR...
LA MUTATION AURA ÉTÉ RAPIDE.
BON, JE CROIS QUE JE VAIS VOUS LAISSER...
ENJOY !
57

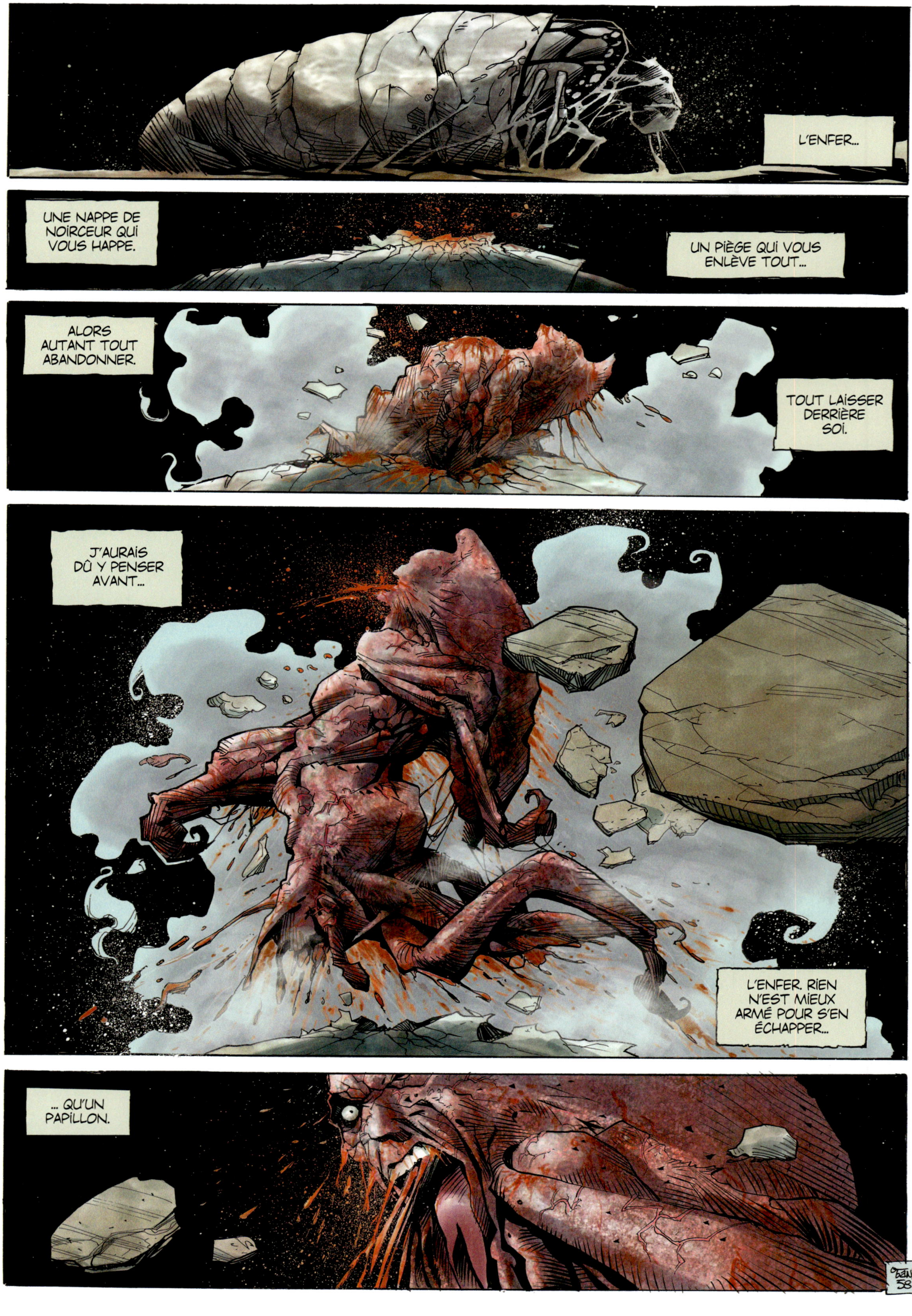
L'ENFER...
UNE NAPPE DE NOIRCEUR QUI VOUS HAPPE.
UN PIÈGE QUI VOUS ENLÈVE TOUT...
ALORS AUTANT TOUT ABANDONNER.
TOUT LAISSER DERRIÈRE SOI.
J'AURAIS DÛ Y PENSER AVANT...
L'ENFER. RIEN N'EST MIEUX ARMÉ POUR S'EN ÉCHAPPER...
... QU'UN PAPILLON.

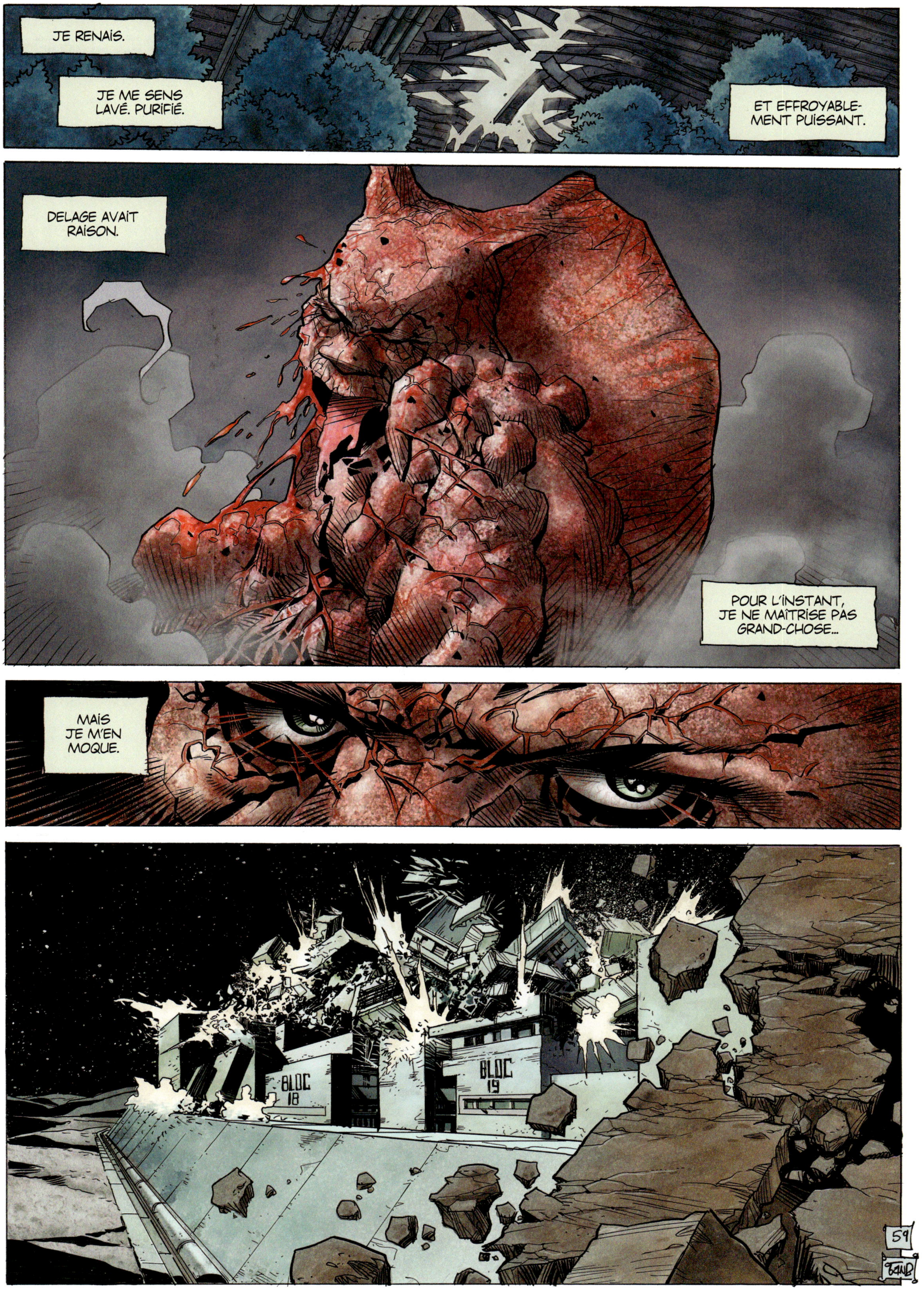
JE RENAIS.
JE ME SENS LAVÉ. PURIFIÉ.
ET EFFROYABLE-MENT PUISSANT.
DELAGE AVAIT RAISON.
POUR L'INSTANT, JE NE MAÎTRISE PAS GRAND-CHOSE...
MAIS JE M'EN MOQUE.
BLOC 18
BLOC 19
59

LA VACHE !! REGARDE ÇA !
QU'EST-CE QUI SE PASSE ?!!
HEIN ?
QUE...
TCHAC
MAIS... TOUT EST EN TRAIN DE PÉTER !?
LINDA, IL FAUT QUE TU DÉCROCHES LE CÂBLE, VITE !!!
JE DESCENDS DANS LA SALLE DU TREUIL !
GROUILLE !!
JE FAIS C'QUE JE PEUX !
60

VITE !!!
PUTAIN, OÙ EST L'ACTIONNEUR DE...
AH, C'EST LÀ...
ON VA Y ARRIVER ! IL FAUT JUSTE QUE LABBÉ NOUS EMPÊCHE PAS DE...
... PARTIR !?
LA NAVETTE. J'AI RÉUSSI À LA DIRIGER, À LA LANCER...
JE SENS SON EXPLOSION, SA DISPERSION DANS L'ESPACE...
ON DIRAIT QUE JE MAÎTRISE MIEUX MES POUVOIRS, J'ARRIVE DÉJÀ À FAIRE DES BLAGUES...
J'ESPÈRE QUE ROONEY ET LINDA ONT APPRÉCIÉ CELLE-CI AVANT DE MOURIR...
61

LA TÉLÉKINÉSIE...
BLOC 180
C'ÉTAIT DONC ÇA, LE RÊVE DE LAROCHE GALOUSEAU...
LA PUISSANCE DÉCUPLÉE DU CERVEAU AU SERVICE DES HOMMES... DU MOINS, CONNAISSANT LG, AU SERVICE DE QUELQUES-UNS.
À L'HEURE ACTUELLE, IL DOIT SE SENTIR UN PEU LOIN DE SON BUT.
JE DEVRAIS LUI ÊTRE RECONNAISSANT. C'EST À LUI QUE JE DOIS CES DERNIÈRES HEURES DE VIE ET DE LIBERTÉ.
JE VAIS PARTIR VOIR LES NUAGES DE GAZ, LES ÉTOILES MOURANTES...
... CARESSER LES COMÈTES, NAGER DANS LES TROUS NOIRS...
MAIS UNE CHOSE EST SÛRE...
... JE NE REVIENDRAI PAS VOIR LA TERRE.
FIN